ジャック
ガリバー
長ぐつをはいたねこ
cat
チルチルミチル
ピノッキオ
ドロシー

アリスと魔女《まじょ》たちのカーニバル

椙立悦子／作・絵

休みなく語り続けている世界名作の主人公達
君も仲間に加わろうではないか

愛読者　松丸《まつまる》　数夫《かずお》

人は、長く生きていると静かに過去をふり返ることがある。ふり返りながらところどころで考えをめぐらし、今のことこれからのことを考える。この童話を読みながら、人生という種まきの様子を考える。種は放っておくと乾《かわ》き腐《くさ》り悪臭《あくしゅう》を放出する。誰もふり向かない種、何と多くの死骸《しがい》が目につくだろう。

この物語のエピローグは、種が芽を出し花を咲かせ数多くの実をつけ、人々の口を潤《うるお》すことが書かれている。このあたりまえのことを、筆者は畑を耕すごとく一生けんめい記録し、君にあなたに声かけをしている。

私《わたし》は、今まで童話はこどもの領分と考えていた。だが、先《ま》ず大人が読み、大人の心をこどもの心に還元することが大切な気がする。大人は人生の一瞬一瞬を感動に満ちた生活をして来たのだから、これから本を読む子ども達に胸を張って人生を探究させたいものである。

この本には、今まで気付かなかった人生の謎《なぞ》のいくつかの冒険《ぼうけん》が書かれている。●アリスのライブラリー　夜の図書館　●未知の世界へのいざない　●10話のキャラクターの大集合　４００枚の大長編の物語がここから始まる。読者の嗅覚《きゅうかく》は、世界名作童話全集を手玉に取った筆者の途方もない発想に目がくらむことだろう。年代を越えた名作の主人公が、一堂に会し夜会を開く。議題は、世の中から悲しみの一つ一つをひろい出し、希望と輝きを添えて人々に返球する。この冒険《ぼうけん》に読者の君が傍聴《ぼうちょう》できるのだ。①ジャックの冒険《ぼうけん》　②ピノッキオの冒険《ぼうけん》　③チルチルミチルの冒険《ぼうけん》　④ドロシーの冒険《ぼうけん》　⑤ほらふき男爵《だんしゃく》の冒険《ぼうけん》　⑥ピーターの冒険《ぼうけん》　⑦イワンの冒険《ぼうけん》　⑧ガリバーの冒険《ぼうけん》　⑨ながぐつをはいたねこの冒険《ぼうけん》。世界の文豪《ぶんごう》達も自分の作った童話の主人公達が、平成22年の深夜、魔女エッちゃんの呼びかけによって新童話の世界に再登場するとは、夢にも思わなかったにちがいない。私《わたし》はこの物語を読みながら、千年いちょうの言葉に耳を傾けた。私達《わたし》の生活が豊かになれば悩みは自然に解消する。経済成長は幸せの目標であるが、然し悲しみや不幸はなお続いている。これは一体何だろう。

問題はまだ解消されてはいないのだ。深夜の会議は、地球に生存する全ての生命への警告《けいこく》である。地球上のこども達よ、さあ今度は君達の出番だ。今度は、夜でなく昼の会議に君も加わろう。

平成23年2月

もくじ

◆休みなく語り続けている世界名作の主人公達
君も仲間に加わろうではないか

松丸数夫《まつまるかずお》

♠ プロローグ

大きな畑に、ひとりの男が種をまきました。

種は芽《め》をだし、きれいな花を咲かせ、やがて、たくさんの実をつけました。

男は、その実を食べると、

「なんて、おいしいのだろう！」

と、目を細めました。

あまりおいしかったので、自分ひとりで食べようと思い、決してだれにもいいませんでした。

ところが、その実は三日たつと、茶色くなってくさりました。くさるだけならいいのですが、くさいにおいを放《はな》ちました。

村の人は、

「この家はくさくて近寄《ちかよ》れない。」

といって、だれも戸をたたく人がいなくなりました。

1　アリスライブラリー

あるところに、それは大きな図書館がありました。

「どれくらいの大きさかって?」

そうね、だれもが気になるところ。さっそくお答《こた》えしましょう。でも、その前に、大きく深呼吸《しんこきゅう》をしてください。なぜかっていうと、あなたが、おどろいて、いすからころげおちたらたいへんだからなの。さあ、心の準備《じゅんび》はだいじょうぶ?

その図書館の大きさときたら、かの有名なディズニーランドが二つと、アンデルセン公園を

三つあわせたほどもあったのです。

「すごい！　超《ちょう》、ビッグ。」

みなさんのおどろきの声が、ここまで聞こえます。おそらくびっくりマークはひとつじゃたりない。

「すごい！！！」

三つならんでも、まだちがうって…？　それじゃあ、思い切って一気に十個つけちゃうよ。

「すごい！！！！！！！！！！」

これでどう？　オーケーかな？　えっ、いいせんいってるって…？　こんなにつけたのに、まだ、たりないの？　君は、かなりよくばりな子ね。それじゃあ、三つつけたして十三個にしちゃう。

「すごい！！！！！！！！！！！！！」

これでどう？　ようやく君たちのうなずく顔が見えてきた。

ほっ、よかった。このへんで、オーケーをもらわないと、この童話はビックリマークの本になってしまうところだった。さっそく、話を先に進めるわね。


図書館の周《まわ》りには、色とりどりの花や実のなる木が植えられ、来館する人々を楽しませてくれました。

春はサクラ並木です。駐車場《ちゅうしゃじょう》から入り口までのメインストリートには、サクラの木が両側にたち並び枝を広げていました。サクラのトンネルがピンク一色になると、ランドセルをかついだ子どもたちがスキップをふんで通りました。時おり、大人たちは花の下にシートをしいて歌いました。菜の花のじゅうたんの上では、ミツバチがオニごっこをして遊びました。

夏になると、ヒマワリの兵隊《へいたい》さんが広い庭の警備《けいび》をし、白桃《はくとう》の娘はお日さまを見つめほおをピンクにそめました。熟《じゅく》したころ、ベンチの上で恋人《こいびと》たちは愛《あい》を語らいました。それを見つめる白桃《はくとう》の娘は、さらに実を甘《あま》くしました。

秋になると、コスモスが風とたわむれダンスの始まりです。ザクロの青年はお月さまにプロポーズされると、イエスの返事のかわりに心をあけて見せました。ムシたちはうれしくなって、お祝《いわ》いのファンファーレをふき鳴《な》らしました。

冬になると枯《か》れ木のじいさんがしっかりと大地に根を広げ、時々空から落ちてくる白い天使と語りました。木枯《こが》らしのぼうやがラッパの演奏《えんそう》を始めると冬本番です。

季節が変《か》わるたびに、図書館の庭は衣《ころも》がえをし、人々の目を楽しませてくれました。また、うれしい話にも悲しい話にもじっくりと耳をかたむけ、人々の心をだきしめてくれました。

休館日はありません。年中、開館していましたので、いつでも本を借りることができました。ただし、時間は午前八時から夜八時までと決められていました。

図書館の名前は、えっと…、そうそう『アリスライブラリー』といいました。

「アリス？　あれっ、どこかで聞いた名前。」

きっと、みなさんは首をかしげていることでしょう。子どものころ、ふしぎの国のアリスを愛《あい》読していた館長《かんちょう》さんが、単に思いつきでつけたのです。深い意味はありません。

でもね、図書館にある本のジャンルはどこにも負けません。『本の博物館』という愛称《あいしょう》がつくほど、じつにさまざまな本が置かれていました。館長《かんちょう》さんが、

「わたしの夢をかなえたいの。」

といって、どんどんふやしていったのです。館長《かんちょう》さんの名前は『れい子』といいました。

小さいころ、本を読みたくてもかんたんに手に入らなかった思いが、れい子さんの夢の底《そこ》にありました。そんなわけがあり、子どもから大人まで、お金がある人もない人も、国籍《こくせき》を問わず、だれでも自由に本が読める図書館をつくりたいと考えていたのです。図書館が多くの人たちでにぎわうと、れい子さんは、

「アリスワールドが、みなさんのお役にたててどんなにうれしいことでしょう！」

と目をかがやかせました。

本の数は、ざっと数えてもおよそ100万冊。ここは、国内でも有名な図書館だったのです。閉館五分前になると、スピーカーからモーツァルトのピアノ曲が流れ、きまってこんなメッセージが発信されました。

「ご来館、ありがとうございました。さて、今日《きょう》も、すてきな出会いがありましたでしょうか？本は人と同じ。出会いがあなたの未来をつくりだします。ときめきは星の数。またのお越しをお待ちしています。」

声の主は、館長《かんちょう》のれい子さんでした。

れい子さんのチャーミングな声と笑顔《えがお》は、図書館の名物にもなり、アリスライブラリーは、たくさんの人であふれかえりました。

「どれにしようかな？　あれも読みたいし、これもおもしろそう。ああ、まよっちゃうなあ。チルチルはどれにするの？」

「ミチルはいつだってまよいすぎだよ。ぼくはこれにする！　いつか、ピーターパンから紹介《しょうかい》してもらった。」

「ところで、ジャックは？」

「とっくにきめてるさ。これっ！」

「君たち、声が大きいよ！」

「ガリバー、ごめんなさい。」

耳を澄《す》ますと、まっくらなアリスライブラリーで、ひそひそ声が聞こえます。

そんなばかなことって…。だって、ついさっき、モーツァルトの曲が流れ、館内にいたお客さんたちは、みんな急いで外にでたはず。古時計のハトポッポじいさんだって、すました顔をして八時七分をさしています。

それに、制服姿《すがた》のこわい顔をした守衛《しゅえい》さんが、なれた手つきで、いつものように厳重《げんじゅう》に戸じまりをして、

「どこも異常《いじょう》なし。今日《きょう》の任務《にんむ》は終了《しゅうりょう》！　大きな事件《じけん》もなくおだやかな一日だった。」

といって、玄関《げんかん》のかぎをかけて帰ったばかりなのです。空のお月さまも、

「おつかれさま！」

というと、まん丸の顔をさらにかがやかせて、夜道を明るくてらしだしたところでした。みなさんが、首をひねるのも当然でしょう。だれもいないはずの図書館に人の声。

「キャー！　お化《ば》け！」

とつぜん、あっちこっちでさけび声が聞こえます。みなさん、せいしゅくに！　物語はこれからが本番なのです。

おもしろくなってきました。そう、これにはわけがありました。じつは、アリスライブラリーには、『ないしょの夜の部』があったのです。

「えっ、夜の部？」

みなさんのおどろきの声が聞こえます。耳なれない言葉でしょう?

ここで、かんたんに、図書館の紹介《しょうかい》をしておきましょう。つまり、人間《にんげん》たちがねしずまった夜、図書館を使っていた人物がいたわけです。朝八時から夜八時までの十二時間は人間《にんげん》たちの貸《か》し切り。では、それ以外の時間を使っていた人物とは?

そう、さっき、図書館で会話していた人物です。

「えっと、たしか…、チルチルに、ミチルに、ピーターパンに、ジャックに、あとひとりはガリバーだったかしら?」

さすが、あなたは記憶力《きおくりょく》ばつぐんね。それぞれ名前はちがっても、その五人にはある共通点があるの。何だと思う?

「そうだ! 五人とも童話にでてくる人物よ。でも、お話だから実際《じっさい》にいないはず…。どうして?」

あのね、この世はふしぎに満ちているの。だから、おもしろい。ズバリ! あなたの想像《そうぞう》通り、童話の中からでてきたのです。

もう少し、くわしく説明《せつめい》しましょう。今まで、人間《にんげん》たちは手当たり次第に本をとり、ありとあらゆる物語を読んできました。ところが、物語に登場するキャラクターたちは他の物語を全く知りません。これは当たり前のこと。なぜって、物語は人間《にんげん》たちに読まれるべきものであって、決して読むものではないからです。それが、本としてこの世に生まれた運命《うんめい》というものです。

ところがどっこい、ここがかんじんなところ。耳を傾けて聞いてくださいね。

『ここで、常識《じょうしき》ではおこらないことが、おこっていたのです。』

なんと、おどろくなかれ! 読まれるべき運命《うんめい》の物語が、他の物語を読んでいた。人間界《にんげんかい》では、これを、『きせき』と呼《よ》びました。キャラクターたちの中には、人間《にんげん》と同じように本好きの登場人物もいたのです。そこで、人間《にんげん》たちがねしずまった夜、図書館にでてきて読書をしていたというわけです。

でもね、人数が多すぎるとけんかになってしまうでしょう。そこで、完全予約制にしてながよく順番に使っていました。希望《きぼう》の多い日は、もちろん、平等《びょうどう》に抽選《ちゅうせん》です。最近《さいきん》、図書館人気が高くなり、運がよくても月に一度がせいぜい。常に一年先まで、予約がぎっしりと入っていました。本好きのキャラクターたちは、読書の日をどんなに待ちわびていたことでしょう。

「あれっ、でも、完全予約制なのに、さっき聞こえてきた声は、それぞれ別の本のキャラクターたちよ。でてくる日をまちがえて、何冊もの中から同時にでてきてしまったんじゃないかしら?」

みなさんの中には、こういって首をかしげる人もいることでしょう。さすが！　よく気がつきました。

でも、決してまちがいではありませんでした。

「それじゃ、どうしてかって?」

まあ、そんなにあわてないでください。これから、ゆっくりと説明《せつめい》しましょう。

とつぜんですが、説明《せつめい》の前に質問《しつもん》です。先ほど登場したキャラクターたち、すなわち、五人がでてくる童話のタイトルは何でしょう?

「そんなの、あるわけがない。さっきもいったけれど、別々の童話だからふしぎなんじゃないか。」

なんて、おこらないでくださいね。

その上、もっとおこらせちゃうかもしれないけれど、もしかしたら、五人というのはたしかな数ではないかもしれません。だって、あの時、図書館で声が聞こえたのが五人だけであって、もしかしたら、もっとたくさんのキャラクターたちがいたかもしれないからです。そうなると、ますますややこしくなります。

ここで、もったいぶらずに、すっきりと答《こた》えをいいましょう。さもないと、みなさんはぷりぷりして、この本を投《な》げだしてしまうでしょうからね。

本のタイトルは、そう、『世界名作童話集』でした。これで、おわかりいただけたでしょう？

「そうか！　だから、たくさんいたんだね。」

みなさんの疑問《ぎもん》が、ここで一気に吹《ふ》き飛んだことでしょう。もしかしたら、あまりに真剣《しんけん》に考えていたみなさんは、ひょうしぬけしたかもしれませんね。ごめんなさい。

というわけで、今晩《こんばん》は世界名作童話にでてくるキャラクターたちの貸《か》し切《き》りでした。本のすみに、十話と書いてあるので、五人以外のキャラクターたちも、図書館のどこかにいるものと思われます。

アリスライブラリーはがんじょうなかぎがかけられていましたので、外からは虫いっぴき入ることができません。夜八時から朝八時までの十二時間は、だれにもじゃまされず、のんびりと読書ができました。読み切れずにとちゅうでも、借りることはできません。時間になると、ひもだけかけて自分の本にかけこみました。人間《にんげん》たちが全く読んだけいせきがないのに、ひもだけが動いていたら、それは夜の読者たちのしわざかもしれません。

「もし、人間《にんげん》たちに姿《すがた》を見られたらどうなるかって？」

もう二度と、本は読めなくなるでしょう。それどころか、おそろしいことに、二度と自分の物語にもどることができなくなってしまうのです。つまり、かんたんにいうと登場人物がへる。となると、物語は成立しません。ゆえに、古くから読みつがれてきた物語は、人間《にんげん》たちの記憶《きおく》からけし去られます。どんなに感動的な物語でも、どんなにブームになった物語でも、一瞬《いっしゅん》にして全てなかったことになるのです。

　この世のいちばんの悲しみは存在《そんざい》を否定《ひてい》されること。そんな悲劇《ひげき》にならないよう、どんなことがあっても、時間だけは守《まも》りぬきました。夜の図書館が営業《えいぎょう》されてから30年がたちますが、まだ一度も失敗《しっぱい》はしていません。それほど、おきてを守《まも》ることに忠実《ちゅうじつ》でした。

　れい子さんがこの事実《じじつ》を知ったら、きっと目を丸くして、

「夜の図書館、自由に使ってください。」

というにちがいありません。でも、人間《にんげん》たちに知られてはおしまいでした。

2　十のキャラクター大集合！

アリスライブラリーはてんてこまい。なぜって、十もの童話のキャラクターたちが、いっせいに集まってきたのですからね。

いつもだったら、ひとつの童話の貸《か》し切りです。こんなさわぎは、夜の部が始まって以来《いらい》、初めてのことでした。まるで、お祭りさわぎです。夜の館長《かんちょう》は、

「あらまっ！　あらまっ！　あらまっ！」

とさけび、瞳《ひとみ》をビー玉のようにまん丸にしました。

こんなにこうふんしたのは、そう、あの時以来《いらい》でした。あの時というのは、ある晴れた秋の日、かいちゅう時計を持ったうさぎが穴《あな》に飛びこんで姿《すがた》をけした時のことです。といえば、館長《かんちょう》の正体《しょうたい》はもうおわかりでしょう。童話『ふしぎの国のアリス』に登場する、世界的に有名なあのアリスだったのです。アリスは、昼間担当《たんとう》のれい子さんと交代《こうたい》で、図書館の当番をしていました。もちろん、れい子さんはぜんぜん知りません。

古時計のハトポッポじいさんが八時を指すと、玄関《げんかん》のシャッターが自動的に閉まり、夜の図書館の開幕です。人間《にんげん》たちはひとっこひとりいません。シーンとしずまりかえっています。

このしずけささをやぶったのは、なんと、幸《しあわ》せの王子でした。低いバリトンのような声で、

「アリス、こんばんは！　お久しぶりです。」

というと、分厚《ぶあつ》い本の中から飛びだしてきました。

王子の身体《からだ》は金でできていたので、図書館はキラキラとまぶしいほどかがやきました。天井《てんじょう》に巣《す》をはっていいたクモの親子が、目をさましたほどでした。

「王子さま！　こんばんは。ここにある本は、こよい、全てあなたのもの。朝まで、読みたいほうだい。自由に使ってくださいね。王子さまは、たしか一年前の予約だったわよね。」

アリスが目を細めていいました。

「あなたは、すばらしい。一年も前にきたお客のことを、しっかりと覚《おぼ》えているのだからね。」

王子さまがアリスをほめたたえると、アリスはほおをピンク色にそめました。

アリスがあの時のことを、忘《わす》れるわけがありません。王子さまはアリスにとって、それはもう特別《とくべつ》の人だったのです。あまりの緊張《きんちょう》のため、メモしようと持ったえんぴつは落とすし、文字はふるえるし、じつは、王子さまと何を話したかなんてぜんぜん覚《おぼ》えてないというのがほん

とうのところでした。

「それは…、仕事ですからね。」

アリスはわざとさばさばと答《こた》えました。心をみぬかれるのがいやだったのです。そして続《つづ》けていいました。

「王子さま、みなさんそうですが、今日《きょう》の日をどんなに待ちわびたことでしょう。」

「アリスのいう通り！　今日《きょう》という日を、指折り数えたさ。しかし、長かったなあ。でも、その分、喜《よろこ》びもひとしおさ。他のみんなも、きっと同じ思いです。」

というと、王子さまは顔をバラ色にそめました。といっても、身体《からだ》全体に金がはられていましたので、色はかわりませんでしたけれどね。

「他のみんな？　今晩《こんばん》は、あなたひとりではないの？　だって貸《か》し切りでしょう。」

アリスはふしぎな顔でたずねると、王子さまはもっともというように、

「もちろん、わたしたちの貸《か》し切りです！」

と、いせいよくいいました。続《つづ》けて、手に持っていた分厚《ぶあつ》い本をペラペラとめくり、

「みんな、でておいで！」

と、ささやきました。

するとどうでしょう。たくさんのキャラクターたちが、いっせいにでてくる！　でてくる！　でてくる！　本の中から、次から次へと列をつくって飛びだしてきました。

チルチルミチルに、ガリバーに、ジャックに、ピーター・パンに、ほらふき男爵《だんしゃく》に、ピノッキオに、他には、えっと…、長ぐつをはいたねこにイワンに、ドロシーといったぐあいです。アリスは、目を白黒させて、

「これはいったいどういうこと?」

と、さけびました。

とつぜん、夜の図書館は大さわぎになりました。でも、図書館はまっくらでしたので、人間《にんげん》たちは気づきません。外からは見えないひみつの電気を使っていたのです。これは、ゲンジボタルの電気屋さんの発明品《はつめいひん》で、『シークレットライト』と呼ばれ、夜の部のヒット商品になっていました。でも、昼間活動する人間《にんげん》たちには、ぜったいひみつです。

一年前のあの日、夜の図書館の予約をしたのは、青い目をした金色の王子さまでした。アリスは、あの時のことを一時も忘《わす》れたことがありません。なぜって、アリスにとって王子さまはあこがれの人だったからです。じつは、これがまちがいのもとでした。アリスは、王子さまをうっとりと見つめていたので、本が童話集であることに気がつかなかったのです。そう、この日まで…。図書館予約メモには、童話『幸《しあわ》せの王子』としか書かれていませんでした。

王子さまは、分厚《ぶあつ》い『世界の名作童話集』をアリスの前に差《さ》しだし、

「夜の図書館の予約をお願《ねが》いします。」

と、低い声でいいました。アリスは顔を赤らめながら、どきどきする心をおさえて、

「はい、承知《しょうち》しました!」

といって、メモしました。あんまりあわてていたので、目の前にいる王子さまだけを見て、かんちがいしてしまったのです。

今回の失敗《しっぱい》は、ぼーっとして、本のタイトルをしっかりと見ていなかったアリスの責任《せきにん》でした。しかし、だからといって、許《ゆる》される問題《もんだい》ではありません。

さて、どうしましょうか? 今ここで、とつぜん、アリスが、

「うっかりして、ごめんなさい。今日《きょう》の予約は幸《しあわ》せの王子さまだけでした。他のみなさんは、すぐに、お帰りください。」

なんていったら、どうでしょう。

他のキャラクターたちは、素直《すなお》に本の中に帰るでしょうか？　みんな、一年前から、指折り数え、この日を待っていたのです。

もしかしたら、反乱《はんらん》がおき、図書館は血の海になるかもしれません。けんかっぱやいキャラクターたちも、数多くいるのです。大パニックになることはまちがいないでしょう。あるいは、大うそつきと称《しょう》され、なわでしばられるかもしれません。そうなったら、夜の館長《かんちょう》は、くびになることはまちがいないでしょう。こんなことになったらたいへんです。アリスは、

（たとえどんなことがあっても、自分のあやまちを話してはならない。）

と、心に強くちかいました。

でも、よく考えてみたら、本の中には全集だってあるわけです。全集は予約できないというきまりは、どこにもありませんでした。

アリスの考えさえ柔軟《じゅうなん》になれば、ここは、あやまちでも何でもなくクリヤーできる問題《もんだい》でした。しかし、アリスはまっすぐで正直《しょうじき》な女の子でしたので、そこまでは考えられず、ただ自分のあやまちをはじていました。

（今まで生きがいとしてきた、仕事までうばわれるなんて…。）

アリスは想像《そうぞう》しただけで、目の前がクラクラしてきました。そして、

（とにかく、十の童話のキャラクターたちが何も事件《じけん》をおこさずに一晩《ばん》が過ごせますように…！）

と、しずかに祈《いの》りました。

その時、ふいに、だれかがアリスのかたをたたきました。

「キャー！　ゆうれい？」

アリスがおどろいてふりむくと、赤いチョッキをはおったガリバーがたっていました。

「ごめんなさい。ゆうれいなどではありません。」

というと、申《もう》し訳《わけ》なさそうに頭を下げました。

「あっ、もしかして、あなたはガリバー？　なんだか、へんねぇ。気にさわったら、ごめんなさい。あなた、思ったより小さいのね。」

アリスが、びっくりしていいました。

いつだったか、アリスが童話で見た時、本からはみでていたので、ガリバーは、図書館の天《てん》井《じょう》に頭がつくほど、せいが高いと想像《そうぞう》していたのです。

「あはは、そんなこと当たり前です。アリスったら、わたしを怪物《かいぶつ》あつかいしないでください。わたしはいたって、ふつうの人間《にんげん》。大男というイメージがあるとすれば、それは小人の国へ漂流《ひょうりゅう》したからなのです。ほら、周《まわ》りが小さいから、わたしが大きく見える。ただ、それだけです。」

ガリバーがにこにこしていうと、アリスは、

「そっか。あたしったら、あわてんぼうだから…。」

といって、頭をかきました。すると、ガリバーも、

「あわてんぼうは、わたしもです。」

といって、頭をかきました。シンボルの赤いチョッキのボタンがひとつかけちがえていました。

二人《ふたり》は大笑《わら》いしました。

そばで、話を聞いていたピノッキオがやってきて、

「はじめまして、アリス！　ところで、君は、チャーミングだね。落ち着いた感じがステキさ。」

というと、ピノッキオの鼻《はな》がグンとのびました。

「あなた、うそついたでしょう。きっと、あたしのこと、あわてんぼうだと思ってる。」

アリスがクスクス笑《わら》っていいました。

「えっ、すごい。当たってる。アリスったら心理《しんり》学者みたい。だけど、どうしてわかったの？」

ピノッキオがあわてていうと、アリスが、

「うふふっ、だって、あなたの鼻《はな》がのびてるもの。」

と、ニヤニヤしました。ピノッキオがのびた鼻《はな》をうらめしそうにさわりながら、

「アリスにはかなわないなあ。」

というと、アリスはだんだん緊張《きんちょう》がとけてきました。ガリバーが、

「よかったです。アリスが元気になって。」

というとピノッキオは、

「館長《かんちょう》がしおれていたんじゃ、おいらも元気がでないからね。」

と、安心したようにいいました。

3　お祝《いわ》いのカーニバル

　その時、一羽のツバメがやってきて、

「みなさんで、お祝《いわ》いのカーニバルを開きませんか？」

と、はずんだ声でいいました。さそったのはそう、幸《しあわ》せの王子のかたにのっていたツバメでした。

「お祝《いわ》いのカーニバル？」

アリスがふしぎに思ってたずねると、王子さまは、ぽ

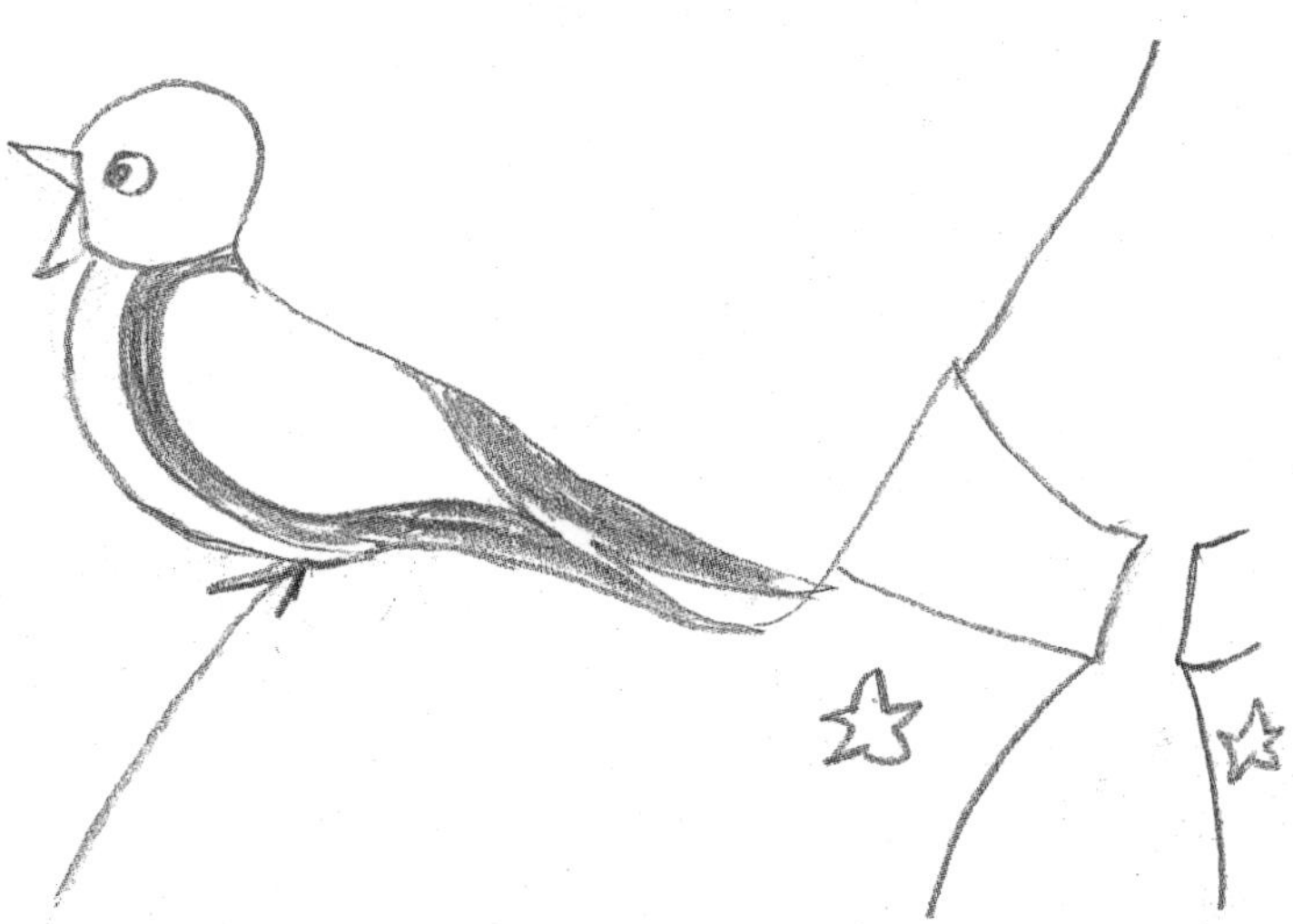

つりぽつりと話し始めました。

「ええ、じつは、ぼくを生んだ作家のワイルドは1854年生まれのアイルランド出身の作家なんだが、46才という若《わか》さで、1900年には亡《な》くなってしまうんだ。今年で、没後《ぼつご》110年になる。」

「没後《ぼつご》110年ですか？　王子さま、ふつう、お祝《いわ》いは生誕《せいたん》を指します。それに、110年なんて、なんだか中途半端《ちゅうとはんぱ》な数字。100年というのは、よく耳にしますが…。」

ガリバーがつぶやきました。

「ワイルドが亡《な》くなってから、わたしは、ついうっかりして、没後《ぼつご》100年のお祝《いわ》いをするのを忘《わす》れていたのだ。しかし、お祝《いわ》いは生誕《せいたん》だって？　それは初耳だ。ガリバー、君は物知りだなあ。」

「わたしが物知り？　とんでもない。わたしは、子どもの時から、船《ふね》に乗って外国へ行きたいと夢を描《えが》いていたので、航海術《こうかいじゅつ》や数学や医学、外国語などありとあらゆる学問をむちゅうで勉強してきました。知ることは至上《しじょう》の喜《よろこ》び。どんなに楽しいことだったでしょう。あのころ、手当たり次第に、たくさんの本を読みました。でも、物知りとはちがいます。生誕《せいたん》については、ついさっき、どこかに記憶《きおく》されていた一文が、たまたま浮《う》かび上がってきただけのことです。ちなみに、物知りとは、学者のような人のことをいうのだと思います。」

ガリバーは、小さいころを思いだしていいました。

「君は子どものころから、よく勉強したんだなあ。知性が、身体《からだ》全体からわきでているよ。夢があると、いっしょうけんめいに努力《どりょく》するものだ。夢はいいよなあ。生きる支えにもなるし、希《き》望《ぼう》にもつながっていく。人間《にんげん》にとって欠かせないものだ。ところで、君の夢はかなったのかい？」

王子さまは、まぶしそうにガリバーを見つめました。

「ええ、まあ…。いろいろありすぎて、かんたんにはもうしあげることができません。王子さまには、後でゆっくりと時間をとり、お話ししたいと思っています。今は、たしか、生誕《せいたん》と没後《ぼつご》の話だったように思いますが…。」

ガリバーは申《もう》し訳《わけ》なさそうにいいました。

「わたしとしたことが、つい、余計《よけい》なことをたずねてしまった。ごめんよ。いつの間にか、話がそれてしまった。もとにもどそう。」

「ええ。」

ガリバーは笑《わら》っていいました。日焼《や》けした顔に真っ白い歯がかがやいて見えました。

「わたしの生みの親、ワイルドは生誕《せいたん》何年になるのだろう?」

「王子さま、ざっと計算すると、今年で156年になります。」

「もう、そんなになるのか。100年を半世紀もすぎているではないか。生みの親のお祝《いわ》いを忘《わす》れているなんて、失礼《しつれい》な話だよな。ところで、ガリバー、さっきの話だが、わたしには、『没後《ぼつご》』も『生誕《せいたん》』と同じくらい尊《とうと》いものだと思えてならない。この世に生をうけ何年という考え方も、天に召《め》されて何年という考え方も、この人間界《にんげんかい》ではあり、ともに、かけがえのない記念日《きねんび》といってもいいのではないだろうか。」

王子さまが、つぶやくようにいいました。

「ええ、全く。」

ガリバーが納得《なっとく》したようにいうと、王子さまは安心した表情《ひょうじょう》で、また続《つづ》けました。

「ワイルドは、若《わか》いころから才能《さいのう》を開花させ、イギリスへ移住《いじゅう》する。30才で結婚《けっこん》をし、二人《ふたり》の息《むす》子《こ》をもうけた。息子《むすこ》たちに語っていた話がもとになって、『幸《しあわ》せの王子』が生まれたんだ。ワイルドが34才の時だった。もしも、彼に息子《むすこ》がいなかったら、わたしは生まれなかっただろう。運《うん》命《めい》は一瞬《いっしゅん》で変《か》わるものだ。この運命《うんめい》に感謝《かんしゃ》するさ。計算すると、わたしは、今年122才になる。人間《にんげん》たちと比《くら》べると、ずいぶん、長生きだ。」

というと、王子さまは目を細めました。

その時です。そばで、二人《ふたり》の話をきいていたジャックが、口をポカンと開けていいました。

「へー、おどろいた。それにしても、奇遇《きぐう》だなあ。ぼくを生んだ作家のジェイコブスも1854年生まれさ。ワイルドと同じ。オーストラリアで産声《うぶごえ》をあげ、その後、イギリスへ渡《わた》って民俗《みんぞく》学者になった。1916年に亡《な》くなるから、62才まで生きたことになる。」

「びっくりだ！　よく、『世の中はふしぎに満ちている』といわれるが、こんなことがあるんだなあ。」

王子さまはこうふんしていうと、ガリバーも、

「二人《ふたり》とも同じ年に生まれ、イギリスで活動されていたなんて…。今晩《こんばん》、王子さまとジャックが出会わなかったら、この事実《じじつ》は知られないままでした。」

と、目をまん丸にしていいました。

ガリバーの瞳《ひとみ》は、エメラルドにかがやきました。まるで深い海のようです。いく日も航海《こうかい》をしてきたガリバーにとって、海は生活の場でした。もしかしたら、波の色が瞳《ひとみ》の色になったのかもしれません。その時です。ジャックが、王子さまを見て、

「これでおどろいちゃあいけない。さらに、おどろく事実《じじつ》がある。」

といいました。

ジャックの手ににぎられていた豆は、こうふんであせばんでいました。五つの豆は、もし声

がだせたら、『苦しい！』とさけんでいたでしょう。

「おどろく事実《じじつ》？　いったい何だい？　もったいぶらないで早く、教えてくれ！」

いつもは冷静《れいせい》な王子さまでしたが、今は、性格《せいかく》がかわったようでした。サファイア色の瞳《ひとみ》で、ジャックをじっと見つめました。

「じつは、『ジャックと豆の木』が発表されたのは、ジェイコブスが36才の時だった。ワイルドが『幸《しあわ》せの王子』を発表したのが34才だから、2年後にぼくが生まれたことになる。王子さまが今年122才なら、ぼくは2才年下だから120才だ。」

「なんだ、おどろいてそんをしてしまいました。同じ年に生まれた、という話ではなかったのですか。」

ガリバーはがっかりしたようにいいました。

「ガリバー、よく考えてごらん。この広い人間界《にんげんかい》の歴史《れきし》の中で、しかも、十しかない童話の中で、誕生年《たんじょう》がたった二年ちがいなんて、こんなことはふつうあり得ない。おどろくべき事実《じじつ》ではないか。いや、わたしのこうふんはそれ以上《いじょう》だ。」

王子さまは、悟《さと》るようにいいました。

「失礼《しつれい》いたしました。いわれてみれば、その通りかもしれません。」

ガリバーは、ぺこりと頭を下げました。

「いいよ。そんなことより、王子さまが、ぼくより二つ上の兄さんだってことがわかったんだ。どんなにうれしいことだろう。」

ジャックがにこにこしていいました。

「わたしたちを生んだ作家が同じ年に生まれて、同じ国で活動をしていた。その上、作品のできあがった年がわずか二年ちがいなんて、まさにきせきだ。ジャック、君は、わたしのかわいい弟。君に会えて、ほんとうによかった。」

というと、二人《ふたり》はどちらからともなくだき合いました。

「それにしても、30代というのは、名作が生まれやすい年代なんでしょうか？　えっと…、ジェイコブスの生誕《せいたん》は、そうそうワイルドと同じですから156年、そして、没後《ぼつご》は94年になります。」

ガリバーが、暗算をしていいました。

「つまり、あと、六年で100年てことか。すぐに、お母さんに伝《つた》えなくちゃ。どんな顔をするだろうな。」

ジャックが、胸《むね》をふくらませていいました。

　次の瞬間《しゅんかん》、真夜中《まよなか》の図書室に、とつぜん、黄色いさけび声がひびきわたりました。声の主はドロシーです。

「二人《ふたり》の話を聞いて、もうびっくり。あたしを生んだ作家のボームは、1856年にニューヨーク州《しゅう》で産声《うぶごえ》をあげたの。ワイルドやジェイコブスが生まれた、わずか二年後のことよ。『オズの魔法《まほう》使い』が発表されたのは、ワイルドが亡《な》くなった御年《おんとし》1900年。ボームが44才の時だったわ。もしかしたら、王子さまのたましいが、あたしの身体《からだ》に入っているかもしれないわね。命《いのち》のバトンはどこまでも続《つづ》く。」

ドロシーが、王子さまをじっと見つめていいました。

「わたしのたましいが、君の身体《からだ》へ…？　あるかもしれないな。」

王子さまがドロシーを見つめると、ドロシーの胸《むね》は高鳴《な》りました。

　ところで、あの三人はどうしたかって？　今ここに、とつぜん、でてこようものなら、全ては終わりです。人の恋路《こいじ》をじゃましようものなら、一生《いっしょう》うらまれます。さて、三人の正体《しょうたい》とは？

オズの魔法《まほう》使いに登場する三人といえば、もうおわかりでしょう。のうみそのほしいかかしと、心のほしいきこりと、勇気《ゆうき》のほしいライオンでした。

三人は、真夜中《まよなか》の図書館の探検中でした。たくさんの人と動物であふれかえっていたので、興味《きょうみ》しんしん。三人は、ドロシーがどうなっているかなんて、全く知りませんでした。

「バームは、1919年、63才で亡《な》くなるの。没後《ぼつご》91年てことになるわね。生誕《せいたん》は、うーんと…、154年か。あたしは今年110才。王子さまとジャックが兄弟なら、10才下の妹ってことになる。」

ドロシーは、兄の存在《そんざい》にはしゃぎました。

「おい、ジャック。わたしたちに、こんなにかわいい妹ができた。」

王子さまは、また、こうふんしたようにいいました。

「かわいいなんて、うれしいわ。」

ドロシーが、ほおを赤くそめていいました。

そこへわりこんできたのは、もちろん、アリスです。ドロシーに焼《や》きもちをやいたアリスは、王子さまと、何かしら共通点はないかと考えていました。とつぜん、顔をかがやかせていいました。何か、発見があったのでしょうか？

「わたしを生んだ作家のキャロルは、1832年にイギリスの牧師《ぼくし》の家に生まれたわ。王子さまを生んだ作家ワイルドと同じ国、イギリスで活動をしていたの。キャロルが亡《な》くなった年は1898年でしょ。66才だった。ワイルドは1900年だから、なんと2年ちがいよ。まるで、キャロルの後をおうように、亡《な》くなった。同じ国どうしだもの。どこかで交友があったかもしれないわね。」

「ワイルドとキャロルの交友か。作家どうし、もしかしたら、あったかもしれないなあ。」

王子さまがやさしくうなずくと、アリスは勝ちほこったような気持ちになり、ドロシーを横目で見ました。でも、ドロシーはアリスの気持ちなどこれっぽっちも知りません。アリスを、

（人のことを横目でにらむなんて…。かわいそうに、目が悪いのかもしれないわ。）

と、心配しました。

「生誕《せいたん》は178年。『ふしぎの国のアリス』が発表されたのは、キャロル33才の時。つまり、わたしは、今年、145才ってことになる。まさか、そんなことって…。」

アリスは、自分の年にびっくりぎょうてん。王子さまより、23才も年上だったという事実《じじつ》に、ショックがかくせません。ついさっきまでは、天国の気分だったのに、今は地獄《じごく》の気分です。

（王子さまは、23才も年上のあたしに好意を持ってくれるかしら？　23才といえば、親子ほどの差《さ》がある。ぜったい無理《むり》よ。だけど、きめるのは王子さま。あたしじゃない。この世は、常識《じょうしき》ばかりはおこらないし、神さまだって存在《そんざい》するの。だから、希望《きぼう》は0パーセントじゃない。それに、恋《こい》に年齢《ねんれい》なんて関係《かんけい》ないもの。きめた！　あたし、もうなやまない。好きになった気持ちを大《たい》切《せつ》に生きていくわ。）

アリスは心の中でつぶやくと、次第に勇気《ゆうき》がわいてくるのを感じました。

　さばさばした性格《せいかく》はアリスの長所でした。なやみがあっても、いつまでもなやまない。そんなの時間のむだですからね。今までも、マイナスをプラスにかえ、たくましく生きてきたのです。

「アリスは夜の図書館の館長《かんちょう》さん。しっかりしていると思ったら、なるほど、わたしたちより年上だったんだね。」

王子さまは、なるほどという表情《ひょうじょう》をしていいました。

「王子さま。わたしはただ年をとっているだけ。ちっともしっかりなんてしてないわ。いつもだれかに支えてほしいと思っているの。これでも花の独身《どくしん》。どこかに、王子さまみたいなすてきな人、いないかしら?」

アリスは、どさくさにまぎれて本心を語りました。アリスの気持ちなど、何も知らない王子さまは、

「アリス、お気づかいありがとう。ほめてもらうと、やはりうれしいものだ。」

と、のんびりとした口調《くちょう》でいいました。王子さまは、恋愛《れんあい》には鈍感《どんかん》なようでした。

「アリス、ところで、ぼくは君の王子さまになれるかしら?」

とつぜん、話にわりこんできたのは、ピーターでした。

「ぼくを生んだ作家のバリは、1860年にスコットランドに生まれた。10人兄弟の九人目として生まれるの。六才の時、兄が13才で亡《な》くなってしまい、その体験《たいけん》がもとになって、『ピーター・パン』が生まれた。バリが51才の時だ。1911年のことだから、今年、ぼくは99才だ。」

「今年99才? てことは…、ピーター、来年はちょうど100才。あなたの年よ。おめでとう。」

アリスが、おどろいていいました。

「サンキュー! アリス。ぼく、とってもうれしいよ。」

「コングラッチュレーション! ピーター。来年は100才のお祝《いわ》い。そして、今年はひとつ前のイブ年のお祝《いわ》いね。」

ドロシーも、うれしそうにいいました。

「イブ年?」

ピーターが首をひねります。

「12月24日、クリスマスイブがあるでしょう。それと同じで、イブ年っていうのは、本番の一年前ってこと。といっても、たった今、あたしがつくったんだけれどね。」

というと、ドロシーはいたずらっぽく笑《わら》いました。

「サンキュー！　ドロシー。つまり、一年前の今年もお祝《いわ》いだね。なんだか幸《しあわ》せ気分最高になってきたよ。」

ピーターは、アリスとドロシーにお祝《いわ》いの言葉をいわれると、天にも上る気持ちになりました。

「バリは、1937年、77才で亡《な》くなるまで、子どもの心を失わなかった。お芝居《しばい》ごっこをしたり、海ぞくごっこをしたり、それはたのしそうに生活をしていた。」

ピーターは、ひとつひとつかみしめるようにいいました。子ども心を失わなかったバリを、心から尊敬《そんけい》していたのです。

「1937年ということは、計算してみますと、今年で没後《ぼつご》73年になります。そして、生誕《せいたん》は…、あれっ、おどろいたことに、今年ちょうど、150年ではありませんか」

ガリバーは、鼻《はな》の穴《あな》をふくらませていいました。長い鼻《はな》毛が二、三本、こんにちはをしているのが見えました。

「これはおめでたい。今回のことがなかったら、ぼくは、うっかり忘《わす》れてしまうところだった。」

ピーターが大声をはりあげると、王子さまはついうれしくなって、拍手《はくしゅ》をしました。次第に広がって、図書館中にひびき渡《わた》りました。他のキャラクターたちは、

「何のさわぎだろう？」

と、つぶやくと、本を読むのをやめて、カウンターの周《まわ》りに集まってきました。

天井《てんじょう》のすみに巣《す》をつくっていたクモの親子が聞き耳をたてていました。

「これから何かおこる。」

クモのパパが糸を吐《は》くのをやめると、真剣《しんけん》なまなざしでいいました。

「夜の図書館は長いけれど、今までこんなににぎわったことはなかった。ひみつのイベントが行われるのかもしれないわ。」

クモのママは巣《す》の間から下を見つめると、りんとした表情《ひょうじょう》でいいました。

「ぼく、どっきんどっきんが止まらない。」

クモのぼうやが胸《むね》をおさえながらいうと、クモのパパも胸《むね》をおさえて、、

「ぼうや、パパだってそうさ。こんなにこうふんするのは、久しぶりだ。今晩《こんばん》は、巣《す》をつくるのはやめにして、みんなで下の様子《ようす》を見よう。」

と、いいました。

カウンターの周《まわ》りに、本から飛びだしてきたキャラクターたちが、全員集合しました。すごい数です。でも、たくさんいるのに、しずまり返っていました。そのしずけさをやぶったのは、王子さまでした。

「はじめまして！　みなさん、わたしは、作家ワイルドが生んだ王子です。今日《きょう》は、みなさんにお会いしたくて、この図書館を予約いたしました。とつぜん、呼《よ》びだされて、おどろかれたことでしょう。しかし、わたしにはある計画があり、それを実行するために、お集まりいただいたのです。」

「ある計画？」

何人もの人がつぶやきました。

「ええ、つい先ほど、少しだけですが聞き取り調査を行ったところ、予想《よそう》通りの結論《けつろん》にいきつい

たのです。残念《ざんねん》ですが、悪い予感《よかん》は的中《てきちゅう》していました。」

「悪い予感《よかん》？　それは、いったいどんなことですか？」

おしゃべりのコオロギが、待ちきれずに、口をはさみました。コオロギが、どの童話からでてきたのかはわかりません。名札《なふだ》でもついていればわかるのですが、無理《むり》な話でした。

「まあ、あわてないでください。さっそく、ここにお集まりのみなさんにたずねますが、作品が生まれてから、作家の生誕記念《せいたんきねん》や、没後《ぼつご》のお祝《いわ》い、作品の誕生《たんじょう》のお祝《いわ》いをされた方はいますか？」

「…。」

会場は、シーンとしたままです。

「やはり、そうでしたか。本のタイトルには『世界名作童話集』などという名誉《めいよ》な名前がつけられているのに、一度もお祝《いわ》いがないとはいかがなものか！　と首をかしげていたところです。」

王子さまがここまでいうと、ツバメが続《つづ》けました。

「王子は、『人間《にんげん》たちには、立派《りっぱ》な誕生《たんじょう》日というイベントがありながら、わたしたちに誕生《たんじょう》日がないというのは納得《なっとく》がいかない。全くおかしな話ではないか。』と憤慨《ふんがい》して、お祝《いわ》いのカーニバルを思いたち、今晩《こんばん》の予約をしたのです。」

「他の名作を生んだ作家たちも、多少のちがいこそあれ、ワイルドとほぼ同じ時代を生きてきました。じつは、一年前この事実《じじつ》を知り、お祝《いわ》いのカーニバルを開こうという計画をたてたのです。おっと、これは、さっき、ツバメがいった通りです。みなさん、カーニバルのアイディアはいかがですか？」

王子さまは、みんなの顔を見まわしました。

「なんて、すばらしい企画《きかく》でしょう！　ぜひ、お祝《いわ》いのカーニバルを開きましょう。」

ガリバーは、すぐに賛成《さんせい》していいました。

「すてき、王子さま。あなたは、みんなを幸《しあわ》せにする王子さまだわ。もちろん、賛成《さんせい》、大賛成《さんせい》だわ！」

ドロシーが、ピンク色のほおをバラ色にそめていいました。

「世界で初のカーニバルだ。ぜいたくにやろうぜ。お金がないのだったら、金貨を生むカラスでもつかまえてこよう。」

ほらふき男爵《だんしゃく》がさけぶと、イワンがまじめくさった顔で、

「男爵《だんしゃく》さま、お願《ねが》いがございます。金貨を生むカラスですが、一羽ではなく、10羽ほどたのみます。きっと、一羽だとけんかになってしまうでしょう。お祝《いわ》いにけんかは禁物《きんもつ》です。そして、できればですが、オスとメスをまぜてください。結婚《けっこん》させてふやそうと思うのです。」

と、いいました。

「イワン、あなたって頭がいいのね。」

アリスが感心していうと、イワンは顔を真っ赤にして、

「とんでもない。ぼくの童話のタイトルは、『イワンのばか』ですよ。頭がいいわけがない。」

と、否定《ひてい》しました。

「そこがまた、すてきだぜ！」

「ところで、『イワンのおりこう』ってタイトルは、どうだい？」

「どこかで、『能《のう》あるタカは爪《つめ》をかくす』って、ことわざを聞いたことがある。ほんとうに実力のある人は、普段はその力を自慢《じまん》しないで、むしろかくすようにしているんだって。」

あることないこと、いろんな発言が飛びだします。でも、イワンはまじめな顔をして、

「ぼくはぼく。ばかのままでいいのです。きっと、ぼくには、ばかの生き方がいちばんにあって

います。今回は、きせきてきに、十の童話の中にいれていただき、光栄《こうえい》に思っています。」と、しずかにいいました。イワンの話を聞き、王子さまは、心の底《そこ》からうれしさがこみあげてきました。

「イワン、君は自分の心の声に耳を澄《す》まし、正直《しょうじき》に生きている。すてきな生き方だ。わたしはもちろん、他のみんなだって、君に出会えたことを光栄《こうえい》に思っているさ。ともに、集えたことに感謝《かんしゃ》。ところで、みんな、お祝《いわ》いのカーニバルに賛成《さんせい》かな?」

王子さまがたずねると、会場は、拍手《はくしゅ》のうずに包まれました。賛成《さんせい》の拍手《はくしゅ》です。

「わたしは、ツバメのことをよく知っているが、他の童話で生きる人たちを全く知らない。人間《にんげん》たちはたくさんの童話を読み、わたしたちを知っているが、わたしたちはみな、そろって初対面だ。まず、自己紹介《しょうかい》をして、それから、カーニバルの内容をきめよう。」

王子さまは、サファイヤ色した瞳《ひとみ》をかがやかせていいました。

「あの、王子さま、十の童話とおっしゃいましたが、わたしを加えて、11にしてくださいませんか?」

アリスは、おそるおそるたずねました。

「気がつかなくて、ゴメン! アリス、もちろんです。」

王子さまがいうと、アリスは心に真っ赤なバラの花が咲き乱れました。青空には七色の虹もかかり、幸《しあわ》せ気分最高になりました。

「おめでとう! 世界中の子どもたちに、夢と希望《きぼう》と勇気《ゆうき》を与《あた》え続《つづ》けてきた童話のカーニバル。何だかどきどきする! 考えてみたら、こんなお祝《いわ》いは一度もなかった。」

そばで話を聞いていたうさぎが、かいちゅう時計を見ながら、ひとりごとをいって、夜の図書

館をかけ回りました。アリスが、

「どこかで見たことがある！」

と思ったら、『ふしぎの国のアリス』にでてくるウサギでした。

もし、うさぎに、この事実《じじつ》をしられたら、アリスはどうなるのでしょう。一瞬《いっしゅん》ではありますが、同じ童話にでていた登場人物を忘《わす》れてしまったのです。うさぎはカンカンにおこって、アリスをお話から追放してしまうかもしれません。そうなったら全ては終わり。ですから、みなさん、どんなことがあっても、ひみつにしておいてくださいね。

「この中で、だれが、いちばん年上。生まれた国はどこ？　あたしったら夜の館長《かんちょう》をしているのに、考えたこともなかったわ。」

アリスは、どきどきしてきました。

4　だれがいちばん年上か？

　古時計のハトポッポじいさんが、ちょうど九時をつげた時、王子さまがいいました。

「夜の部が始まってから、まだ一時間。明るくなるまで、たっぷりと時間はある。まず、自己紹介《しょうかい》をしよう。えーっ、自分の名前と年齢《ねんれい》と生まれた国、それと、かんたんに作家の紹介《しょうかい》でいいかな？」

「ええ！　それだけわかれば十分でしょう。」

　ガリバーがうなずいた時、アリスが大声をあげました。

「ヒェー!」

「またさけび声だ。いよいよかな?」

クモのパパがつぶやくと、クモのママが、

「あらまっ、あたしったら、うとうとしてねむるところだった。これから何かが始まるのね。」

と、きんちょうした顔でいいました。そばには、クモのぼうやがねいきをたててねむっていました。

「ぼうやったら、つかれているみたい。さっきまでは、あんなにこうふんしていたのに。このまま、しばらくねかせておきましょう。」

クモのママが、しずかにいいました。

「アリス、い、いったい何があったの?」

王子さまは、どもりどもりたずねました。いつもは冷静《れいせい》な王子さまですが、こうふんはかくせません。

「これよ。」

というと、アリスは、分厚《ぶあつ》い『世界名作童話集』を両手でかかえ、王子さまの前に差《さ》しだしました。

「これは、わたしたちの本じゃないか。アリス、この本に何かひみつでも…?」

王子さまがふしぎそうに首をかしげると、アリスは、最後《さいご》のページを広げて、

「ここを見て!」

と、さけびました。指の先を見ると、左がわには世界地図があり作家のふるさと、右がわには年表が掲げられ、作家たちが生きた時代や童話の生まれた年などがのっていました。

「これはすごい!」

王子さまが、瞳《ひとみ》をかがやかせていいました。

王子さまがおどろくと、図書館が金色にかがやきました。決して、発電したからではありません。心にセンサーがついており、うれしかったり、悲しかったり、おどろいたりすると身体《からだ》の表面についていた金がかがやくしくみになっていたのです。

「これがあれば、全てがわかる！」

アリスは、うれしそうにいいました。

「ここに、地球《ちきゅう》が始まって以来《いらい》、作家たちが個々の思いをふくらませ、それぞれの言葉に表現《ひょうげん》してきた文学の歴史《れきし》が刻《きざ》まれています。尊《とうと》い足跡《そくせき》です。」

というと、ガリバーは本の中に顔をうずめました。

大きくひとつ深呼吸《しんこきゅう》をしてみました。すると、どうでしょう。本の中から、ドックン、ドキドキ、ドックンと心臓《しんぞう》の音が聞こえてきました。

（これは、作家たちのたましいの音にちがいない。）

ガリバーの心はびりびりしびれ、その場から動くことができなくなりました。アリスが心配そうに、

「だいじょうぶ？」

と声をかけると、ガリバーは我《われ》に返って顔を上げました。

「この本の中から、作家たちのたましいの音が聞こえてきました。」

「ほんとう？」

アリスはガリバーの真似《まね》をしてみましたが、ちっとも聞こえません。

「ガリバーの心はやわらかいから、きっと聞こえたのね。いいなあ。」

アリスは、うらやましそうにいいました。

「本の中からたましいの音？　兄さん、わたし、なんだかこわい。」

ミチルが、べそをかいていいました。

「何をこわがっているの？　ミチル、よく考えてごらん。ぼくたちは、本の中からでてきたんだ。そんなことといったら、ぼくたちの方が何倍《ばい》もこわい。」

チルチルの言葉に、ミチルが、

「そっか。」

と、明るくうなずきました。それを聞いていたアリスは、

（いいわね。甘えられる人がいて。わたしなんてひとりだから、泣《な》いてなんかいられないの。どんなに悲しくても、強がって生きていくしかないんだわ。）

と、つぶやきました。

　ほんとうは、声を大にしてさけびたかったのですが、やめました。なぜって、あこがれの王子さまにきらわれてしまうからです。23才も年上で、さらに、ヒステリックとなれば、話すことさえ、できなくなってしまうでしょう。

　アリスは、今のままで、十分幸《しあわ》せでした。気をとり直していいました。

「ところで、年がわかったのは、王子さまとジャックとオズとピーターとわたしの五人だったわよね。」

「ええ、王子さまが122才で、ジャックが2才下の120才。10才下がオズで110才。そして、ピーターが来年100才。えっと、アリスは145才でしたよね。」

数字に強いガリバーが、ひとりひとりの年を続《つづ》けて呼《よ》ぶと、アリスは年表を見ながら指でおさえました。

「さすがだわ。ガリバー、あなたの記憶《きおく》は抜群《ばつぐん》ね。みごとに、五人全てあっている。」

アリスがおどろいていいました。、

「たったの五人ですよ。たいしたことはありません。そんなことより、全部で11組ですから、あと六組。チルチルミチルに、ピノッキオに、長ぐつをはいたねこに、男爵《だんしゃく》に、イワンに、えーっと…。あれれっ、ひとりたりません。」

ガリバーが首をかしげた時、アリスが笑《わら》いころげました。

「ガリバー、自分を忘《わす》れてる。あなた、計算には強いけれど、おっちょこちょいのところもあるのね。よかったあ。完璧《かんぺき》じゃなくって安心したわ。」

「うっかりしていました。」

ガリバーは、はずかしそうに笑《わら》いました。

「アリス、五人は自己紹介《しょうかい》が終わったらしいが、わたしたちはさっきここにいなかった。もう一度、お願《ねが》いしたいのだが…。」

イワンが額《ひたい》にしわを寄《よ》せていいました。アリスがはっとして、

「ごめんなさい。イワンのいう通り。さっきは、全員がそろっていなかった。すぐに、やり直しをしましょう。」

というと、ガリバーがにこにこして、

「アリス、しっかり者のあなたでも、まちがえることがあるのですね。安心しました。」

と、目を細めました。

さっそく自己紹介《しょうかい》が始まりました。話し始めると、みんなおどろくほど真剣《しんけん》に聞きました。初めての事に胸《むね》が高鳴っていたのです。五人の紹介《しょうかい》が終わると、イワンがにこにこしていいました。

「ありがとう。よくわかったよ。さて、それじゃあ、わたしの番だ。わたしを生んだのは、トルストイといって、ロシアの出身の作家さ。1828年、伯爵《はくしゃく》家の四男に生まれるが、母を2才、父を9才の時に亡《な》くす。つらかったと思うよ。わずか9才にして、両親がいないんだからね。大学中退後、軍隊《ぐんたい》に入り文学に目覚《めざ》めていく。『イワンのばか』が発表されたのは1885年。トルストイが57才の時だった。計算すると、わたしは、今年125才になる。王子さまより三才年上だなあ。えーっと、トルストイが亡《な》くなったのは、たしか1910年のことだ。」

「ということは、今年で没後《ぼつご》100年。まさに、ぴったりのお祝《いわ》いです。」

ガリバーが笑顔《えがお》でいいました。

「おめでとう。イワン。」

みんなが口々にいいました。

「今回のことがなかったら、うっかりして忘《わす》れてしまうところだった。やっぱり、わたしはばかなんだなあ。」

イワンがしょんぼりしていうと、男爵《だんしゃく》が首をふっていいました。

「おいおい、本のタイトルで自分をきずつけるのはやめようぜ。世の中には、信じていいことと悪いことがある。ちょっと、聞いてくれよ。わたしを生んだ作家のビュルガーは、わたしのことを、『ほらふき男爵《だんしゃく》』と名づけた。わたしのどこが、ほらふきだっていうんだ。めいわくな話だよ。真実《しんじつ》をしっかりとたしかめてから、言葉を使おうぜ。」

「男爵《だんしゃく》、真実《しんじつ》は大切《たいせつ》よ。だけど、『火のないところに煙《けむり》はたたない』ってことわざがあるように、全くのでたらめじゃないかもしれない。例えばの話だから、気を悪くしないで聞いてね。ほらふきではないと思っているのはあなただけで、周《まわ》りの人たちはあなたをほらふきだと思っているかもしれない。真実《しんじつ》が大切《たいせつ》なのはもちろんだけど、他人《たにん》が、あなたをどう思っているかっていう、世間の評判《ひょうばん》も重要《じゅうよう》よ。そうじゃない？」

ドロシーが大きな目を、さらにくりくりさせていいました。

「周《まわ》りも大事かもしれない。でも、うれしい悲しいの感情《かんじょう》は、自分の心の中にある。生活をしていて、幸《しあわ》せの感情《かんじょう》を支配《しはい》しているのは周《まわ》りの人の心情《しんじょう》ではなく、まさに自分の心情《しんじょう》ではないだろうか。だから、わたしは、自分を大切《たいせつ》にしたい。そのために、他人《たにん》からどう思われようとかまわない。」

「男爵《だんしゃく》、あなたって悲しい人ね。人は、とうていひとりでは生活できない。みんなで支え合って、生きているの。それが、人間社会《にんげん》じゃない。それがわからないなんて…。さびしすぎる。そりゃあ、自分の心は大切《たいせつ》よ。自分をそまつにする人は、他人《たにん》にもやさしくできないからね。だけど、周《まわ》りの人はどうでもいいなんて考え、あたしには理解《りかい》できない。」

ドロシーは、きっぱりといい切りました。

「それじゃあ、君は、わたしをほらふきだというのかい？」

男爵《だんしゃく》は、むきになっていいました。

「そんなこと、いってない。第一、わかるはずがないでしょう。だって、たった今、あなたに会ったばかりなのよ。この問題《もんだい》を判定《はんてい》するカギはひとつ。『真実《しんじつ》』にあるの。真実《しんじつ》はひとつってきまってる。だけど、あたしはかみさまじゃないから、瞬間《しゅんかん》にみぬけない。」

「じゃあ、君は何がいいたいの？」

男爵《だんしゃく》は、半分おこっていいました。

「タイトルにあるからといって、あなたをほらふきだときめつけることはできない。だって、ほらふきではないかもしれないでしょ。かといって、本人だけが気がついていないだけで、周《まわ》りの人はほらふきだと思っているかもしれない。つまり、あなたをほらふきではないといい切ることもできない。あたしがいいたいのは、うわさに流されず、実際《じっさい》に、自分の目と耳と心で判《はん》断《だん》することが大切《たいせつ》だってことよ。」

ドロシーがいきおいよくいうと、男爵《だんしゃく》は頭をくしゃくしゃにして、

「自分の目と耳と心ねぇ。それは、つまり、君がわたしを信じていないということになる。」

と、いいました。

「それはちがうわ。」

ドロシーが、すぐにいい返しました。

「二人《ふたり》とも、ここでけんかはやめよう。せっかくのお祝《いわ》いなんだよ。たしか、男爵《だんしゃく》の自己紹介《しょうかい》の途中《とちゅう》だった。」

王子さまがちゅうさいに入ると、男爵《だんしゃく》とドロシーはペコリと頭を下げました。

「あたしったら、話のこしをおってしまったわ。ごめんなさい。」

「わたしこそ、ごめん。久しぶりに話せたうれしさから、少し理屈《りくつ》っぽくなってしまったようだ。自己紹介《しょうかい》の続きをしよう。わたしを生んだ作家のビュルガーは、1747年、ドイツの小さな村に生まれた。法律や語学の勉強をしながら、大学の先生をつとめる。『ほらふき男爵《だんしゃく》』を発表したのは、1786年のこと。だから、わたしは、今年で224才になる。館長《かんちょう》のアリスより、ずっと年上だ。この本は、みんなに読まれ人気となっていった。ほらふきと形容《けいよう》されているわたしとしては、喜んでばかりはいられない。だが、悲しいのともちがう。残念《ざんねん》なことに、ビュルガーは自分の名前をださずに出版していたので、原稿料は受け取ることができなかった。そのため、

生活に困《こま》って47才の若《わか》さで亡《な》くなってしまう。1794年のことだ。」

「ビュルガーは、まじめな人だったのね。まじめゆえに、あなたが生まれた。」

ドロシーが、納得《なっとく》したようにいいました。王子さまは、ひやりとしました。またけんかにならないかと心配になったのです。男爵《だんしゃく》が言葉を発する前に、王子さまは、

「47才か。若《わか》すぎるよな。わたしを生んだワイルドも46才で亡《な》くなったけれど、二人《ふたり》とももう少し生きていたら、すばらしい作品を執筆していただろう。」

と、いいました。

「さて、次はおいらの番だ。おいらを生んだ作家のコッローディは、1826年、イタリアのフィレンツェに生まれた。神学校に入学したが、イタリアの独立戦争《どくりつせんそう》に参加したり、新聞記者になったりした。『ピノッキオの冒険《ぼうけん》』が発表されたのは、1883年のこと。コッローディが57才の時だった。」

ここまでいうと、イワンがさけびました。

「57才？　それは奇遇《きぐう》だなあ。わたしを生んだトルストイと同じ年だ。」

「それは、すごい！　君とは縁《えん》がありそうだ。コッローディは、1890年に64才で亡《な》くなるので、ピノッキオは晩《ばん》年の作品になる。おいらは、今年で127才。イワンより二つ年上だ。」

「次はわたしです。」

というと、長《なが》ぐつをはいたねこが、ゆっくりと歩みを進め、みんなの前にでてきました。ピンとのびたひげが銀色に光り、かんろくが感じられます。

「わたしを生んだ作家のペローは、1628年、フランスのパリで産声《うぶごえ》をあげた。四人兄弟の末っ子に生まれ、父と同じ弁護士《べんごし》になった。その後、文学者の多く集まるアカデミー・フランセー

ズの会員となり、フランス宮廷《きゅうてい》にも仕《つか》えるようになる。このころ、詩人として活躍《かつやく》していたペローが、文章に目覚め昔《むかし》話を書き始めた。『長ぐつをはいたねこ』が発表されたのは、１６９７年のことじゃ。ペローは69才。１７０３年、75才で生涯《しょうがい》を閉《と》じるので、これはペローの晩《ばん》年の作品になる。わたしは、今年で３１３才。おそらく、この会場の中でいちばんの年上じゃろう。」

「おっしゃる通りでございます。本日おいでのみなさんの中で、いちばんの年上がねこさんです。」

アリスが年表を見ていいました。ここにいただれもが、ねこさんのかんろくの意味がわかったような気がしました。

「ということは、わたしたちは、ねこさんより年下ってことになりますね。」

ガリバーが、チルチルとミチルを見ていいました。

「さて、ラストは、ガリバーにおまかせするとして、次は、ぼくたちがやろう。ぼくたちを生んだ作家のメーテルリンクは、１８６２年、ベルギーの裕福《ゆうふく》な家庭に生まれる。大学卒業後は、フランスに渡《わた》りパリの文学の影響《えいきょう》を受ける。帰国後は、弁護士《べんごし》をしながら、作品を書き続《つづ》けた。『青い鳥』が発表されたのは、１９０８年のこと。ぼくたちは、今年１０２才になる。メーテルリンクは、１９４９年、87才で生涯《しょうがい》を閉《と》じる。おそらく、87才というのは、この中でいちばんの長生きだろう。」

「その通り。メーテルリンクは、11人の作家たちの中ではいちばんの長寿《ちょうじゅ》よ。ワイルドやコッローディより、40才も長生きなの。それにしても、二人《ふたり》は、今年１０２才か…。いいわね、若《わか》くてうらやましいわ。」

アリスが、ためいきをついていいました。さっきまではなやまないといっていたのに、また、アリスの頭には、マイナスの考えが頭をもたげていました。チルチルは、

「アリス、若《わか》さは年齢《ねんれい》などではなく、心で勝負するものです。情熱さえあれば、年なんて関係《かんけい》ありません。」

と、手を横にふりました。

「そうね。若《わか》さは情熱。ありがとう。いい言葉だわ。最後《さいご》はガリバーね。お待たせ！」

アリスの瞳《ひとみ》がかがやきました。

「わたしを生んだのは、作家のスウィフトです。１６６７年、アイルランドのダブリンで生まれました。この時、すでに、父は亡《な》くなっており、母は数年後にイギリスのふるさとに帰ってしまいます。両親がいなくなり、スウィフトは親せきに育てられます。大学まで進み、卒業後は、パトリック大聖堂の司祭となります。働《はたら》きながら、四、五年かけ、『ガリバー旅行記《りょこうき》』を書きあげました。五年間もかけて、わたしが生まれたのだと思うと、ありがたくて涙がでそうです。産声《うぶごえ》をあげたのは、１７２６年のことでした。わたしは、今年、２８４才になります。年齢《ねんれい》でいうと二番目。長ぐつをはいたねこさんの次でしょう。スウィフトは、１７４５年、78才で生涯《しょうがい》を閉《と》じます。以上《いじょう》です。」

ガリバーがしずかにいいました。

「これで、みんなの顔と名前が一致《いっち》した。生まれたふるさとや年、作家のこともわかったし…。ようやく友だちになれたって気がするわ。」

アリスの言葉に、キャラクターたちは、あくしゅをしたりだきあったりしました。

年齢《ねんれい》順にいうと、上から、ねこさん、ガリバー、男爵《だんしゃく》、アリス、ピノッキオ、イワン、王子さま、ジャック、ドロシー、チルチルミチル、ピーターパンの順になりました。ねこさんと、ピーターパンの年の差《さ》は、なんと、２１４才もありました。

「さあ、お祝《いわ》いのカーニバルの開催《かいさい》だ！　カーニバルの内容は何がいい？」

王子さまが笑顔《えがお》でいいました。内容と問われて、みんな頭をかかえこみました。どうしてって？

だって、こんな経験《けいけん》はなかったからです。

「あなたたちの夢を、かなえてあげる！　何でもいって！」

とつぜん、アリスがさけびました。

「アリス、うそはだめだよ。ほんとうに、できるのかい？」

男爵《だんしゃく》が、にやにやしてたずねました。こんな小娘に、いったい何ができるのかと、うたがって
いたのです。しかし、アリスが、

「ええ！」

と、あんまりはっきりと答《こた》えたので、びっくりぎょうてん。目を白黒させて、

「期待《きたい》しているよ！」

と、いうのがやっとでした。

「ぼくは、童話の中だけじゃなく、人間界《にんげんかい》で動いてみたい。」

ジャックが、手に持っていた豆を投《な》げながらいいました。

「えっ、人間界《にんげんかい》？　そうね、行けるのだったら行ってみたい。本の中と、ちがうんでしょうね。」

ドロシーが目をかがやかせました。

「長い間思いえがいていた、あこがれの人間界《にんげんかい》。もし行くことができたら、どんなにうれしいじゃ
ろう。」

長ぐつをはいたねこも、ポンポンはずみながらいいました。

「今、三人から人間界《にんげんかい》への冒険《ぼうけん》はどうかという提案《ていあん》が出されたけれど、みんなはどうだろう？」

王子さまがたずねると、みな大きくうなずいています。

「それじゃあ、多数決をとります。この考えに賛成《さんせい》の人？」

十一のキャラクターたちは、みな、いきおいよく手をあげました。少しの迷《まよ》いもみられません。

「それじゃ、きまり！　わたしも、できることなら、今の世の中が平和かどうか、この目でたしかめてみたいと思っていたところだ。」

というと、王子さまはサファイア色の目を軽く閉《と》じました。まるで、何かをいのっているかのようでした。そして、ゆっくりとまぶたを開けると、

「ところで、アリス、わたしたちの夢をかなえてもらえるだろうか？」

と、たずねました。アリスは、

「ええ、もちろんよ。」

と、笑顔《えがお》で答《こた》えました。

（魔女《まじょ》さんなら、できる。）

アリスは確信《かくしん》していました。そう、かつて、七人の小人たちが、エッちゃんの家に行って、冒《ぼう》険《けん》をしたことがあったのです。


「ブラボー！」

「よっしゃ！」

「すばらしい！　わたしたちの未来に乾杯《かんぱい》！」

その瞬間《しゅんかん》、図書館に大きな喚声《かんせい》がわき上がりました。ただひとり、男爵《だんしゃく》だけは人間界《にんげんかい》へ行けると聞いて、小娘に一本とられたというくやしさと、初めての冒険《ぼうけん》のうれしさが入り混《ま》じり、素《す》

直《なお》に喜べませんでした。

ドロシーはうれしくなって、クルクル回りました。30回ほど回ってふらついているところを、ガリバーがキャッチして、

「ドロシー、次からは、29回にした方がいいでしょう。」

とアドバイスしました。おどろきのあまり、ジャックは、手に持っていた豆を床にばらまきました。

「ありゃー、しっかり拾《ひろ》うんじゃよ。夜が明けて、豆がひとつぶでも落ちていたら、わたしたちのことがばれてしまう。行動はくれぐれもしんちょうにな。」

長ぐつをはいたねこがきびしい顔をしていうと、おなかをすかしていたイワンは、床の豆を全部たいらげて、

「ごちそうさま」

といいました。ジャックはうれしくなって、

「宝物の金のガチョウをあげるよ！　それとも、ハープをひく人形がいいかい？」

と、たずねました。イワンは、

「わたしは、ただおなかがすいていたから豆を食べたのです。物をいただくなんてとんでもありません。お礼をいうのはこちらの方です。」

イワンは、にこにこしていいました。それを聞いていた男爵《だんしゃく》は、

「それじゃあ、わたしがもらおう。」

というと、ジャックが目をぱちくりさせて、

「男爵《だんしゃく》、あなたは、わたし以外に豆の木にのぼった、ただひとりの英雄《えいゆう》だ。うわさだが、以前《いぜん》、豆の木にのぼり三日月にかかっていたオノをとりもどしたって聞いた。それに、あなたのチョッ

キについているボタン。それは、鳥や獲物《えもの》を追いかける魔法《まほう》のボタンだって聞いた。それがあれば、これからどんな獲物《えもの》も手に入る。こんなやつれたガチョウ、あなたには必要《ひつよう》ないでしょう。」というと、ガチョウをかかえました。しかたなしに、ほらふき男爵《だんしゃく》は、

「それもそうだな。そんなガチョウなどいらんよ。わたしには、つかまえる魔法《まほう》のボタンがあるからね。」

と、自慢《じまん》げにいいました。今や、深夜の図書館は、大さわぎです。

童話の中で生活しているキャラクターたちには行動に制限があり、ストーリー通りにしか動いてはいけないというきまりがあったのです。悲しいけれど、当然のおきて。過去《かこ》において、だれも、破《やぶ》ろうとする人はいませんでした。

でも、今、自由に冒険《ぼうけん》ができるというのです。キャラクターたちは、どんなにうれしかったことでしょう。大さわぎになるのは当然のことでした。

その晩《ばん》、アリスはエッちゃんに電話しました。「人間界《にんげんかい》で、童話のキャラクターたちに冒険《ぼうけん》させてほしい。」という内容です。

「えっ、また？　以前《いぜん》は七人の小人たちだったけど、今度はだれなの？」

「えーっと、王子さまに、ガリバーに、ジャックに、ピーターパンに、長ぐつをはいたねこに、ピノッキオに、ほらふき男爵《だんしゃく》に、チルチルミチルに、ドロシーに、えーっと、あとひとりは…、そうそうイワンだわ。」

「そんなにいるの？」

「十の童話のキャラクターたちと、そのおつれさんたちが数名ほどよ。」

「十人以外にお連れさん？　もしかして、動物たちもいるってこと？　あのね、あたしは、凶暴《きょうぼう》

な動物は苦手《にがて》だからね、それからジンがいるから、ネズミさんはえんりょしてもらった方がいいかもね。」

「わかった。相談してみるわ。ところで、冒険《ぼうけん》の期間なんだけれど、すぐにお願《ねが》いできるかしら。たとえば、明日からとか。」

「アリスったら、また、とつぜんね。あら、ごめんなさい。でも、なれているわ。今、ちょうど夏休みが始まったところ。明日からでもいいわよ。」

「りょうかい！　すぐに伝《つた》えるわ。みんな、どんなに喜ぶかしら。」

「それじゃあ、明日。待ってるわ。」

受話器を置くと、エッちゃんはこうふんしていいました。

「明日から、家族が十人、いや、もしかしたら二十人ふえるかもしれないわ。」

「そんなばかな！」

ジンがさけびました。あつい夏は、しずかに読書でもして過ごそうと計画をしていたのです。

さて、アリスは、今度のお祝《いわ》いのカーニバルに参加させてもらおうと意気込《いきご》んでいたのですが、やめることにしました。

なぜって？　もしも、アリスがいなくなったら、夜の図書館は閉館になってしまいます。予約した童話のキャラクターたちは、どんなに悲しむでしょう。

夜の図書館が始まって以来《いらい》、今まで、そんなことは、一度もありませんでした。

「王子さま、せっかくのカーニバルだけど、あたしは留守番《るすばん》をしている。夜の図書館を楽しみに待っているお客さんがいるの。」

「アリス、君はなんて美しいのだろう。きっと、自分のことより、相手《あいて》のことを考えるゆとりが顔にあふれているからだね。」

王子さまがぽつりといいました。

「ありがとう。王子さま。」

アリスは、心がとろけそうになりました。

5　みんなの自慢《じまん》はなあに？

とつぜん、エッちゃんの家のチャイムがなりました。外は、まっくらです。カラスが飛んでいても、だれも気がつかないでしょう。まくら元にある目覚まし時計の針は、まだ三時をすぎたばかり。早おきのニワトリのばあさんだって、ぐっすりとねむっているはずです。

「こんな時間にだれだろう？」

ジンはねむい目をこすり、となりでねていたエッちゃんをおこしました。

「ジン、まだ早いわ。もう少しねかせて。」

「のんきなことをいってる場合じゃない。お客さんなんだ！」

「こんな時間にだれもこないわ。」

「いや、たった今、ドアチャイムがなったんだ。ぼくの耳にまちがいはない。」

ジンは、耳には自信がありました。人間《にんげん》のおよそ五倍《ばい》の性能を持っていて、100メートル先で、カが飛び回る音もキャッチできたくらいです。

「夢でも見ていたとか…。」

エッちゃんがいい返した時、またチャイムがなりました。

「ジン、お客さんだわ。」

「さっきからいってる。」

ジンは、あきれたようにいいました。

エッちゃんがねむい目をこすり戸口にでると、いるわいるわ、ピーターパンに、ドロシーに、かかしに、ライオンに、きこりに、チルチルミチルに、王子さまに、ツバメに、長ぐつをはいたねこに、ジャックに、男爵《だんしゃく》に、ピノッキオに、コオロギに、フクロウに、カラスに、イワンに、ガリバーに…。目の前には、人や動物があふれていました。

「あたし、もしかしたら夢でも見てる？　夢ならすぐにきえて！　３・２・１！」

ところが、３秒たってもきえません。その時、エッちゃんは、アリスの電話を思いだして、

「みなさん、こんばんは。昨日《きのう》、アリスから聞いたわ。みんなで、お祝《いわ》いのカーニバルを開くんですってね。おめでとう。」

と、いいました。

「こんな深夜にごめんなさい。でも、人間《にんげん》たちに見られたら、いっかんの終わり。わたしたちは、

冒険《ぼうけん》できなくなってしまいます。館長《かんちょう》のアリスが、『魔女《まじょ》さんの家なら、いつでもだいじょうぶ。明るくならないうちに、行った方がいい。』とアドバイスをしてくれたのです。」

王子さまが、ていねいに頭を下げました。夜中でもキラキラ光っていましたので、どこにいてもめだちました。もしも警察官《けいさつかん》がパトロールをしていたら、火事だとかんちがいしたでしょう。

「とにかく、入ってください。どこに、人の目があるかわかりません。話は、中でゆっくりとうかがいましょう。」

エッちゃんのねむけは、いつのまにかどこかへふきとび、瞳《ひとみ》は、王子さまに負けないくらいかがやいていました。

「おじゃまします。」

「どうぞ、せまいけれどがまんしてくださいね。」

十のキャラクターたちは、初めての人間界《にんげんかい》に、おどろきをかくせません。天井《てんじょう》を見上げたり、左右に目をやったり、部屋《へや》のあちこちをながめながら、よっぱらってもいないのに、千鳥足で入ってきました。もちろん、リビングは、ぎゅうぎゅうづめになりました。

エッちゃんは、胸《むね》がどきどきして苦しくなりました。童話なんて、本でしか見たことがありません。さし絵でしか知らなかった人物が、今まさに、動いて目の前にいるのです。しかも、世界でも有名なキャラクターが十組もせいぞろいしています。エッちゃんは何度も目をこすってみましたが、やっぱりきえません。ほんものにまちがいありません。

ふと目をやると、ライオンがいます。エッちゃんがあれほど、凶暴《きょうぼう》な動物はやめてといったのに、その願《ねが》いは通じなかったようです。

ひざががくがくして、ぶるぶるふるえました。「こわい！」と声をあげると、おそわれてパクッとひとのみされそうなので、じっとこらえました。クマがきたら、死《し》んだふり。ライオンには、知らんぷりがいちばんです。

ジンは、しっぽの先だけを動かし、何か重大な考え事をしていました。長ぐつをはいたねこに目をやると、

（ぼくたちの足の裏には、特別《とくべつ》のしかけがある。肉球は、走ってもドタンバタンと大きな音がしないよう足音をけして忍《しの》び足を助けてくれるし、かぎがたの爪《つめ》は、枝《えだ》にのぼる時はピッケルの役目を果たしかんたんにのぼることができる。ぼくたちねこにとっては、最高のつくりになっている。それなのに、どうしてわざわざ長ぐつなどはいているのだろう。）

と、ふしぎに思いました。

「さっき、魔女《まじょ》さんがいってくれたように、わたしたちは、お祝《いわ》いのカーニバルを開くことになりました。かんたんにいうと、人間《にんげん》たちの誕生祝《たんじょういわ》いと同じです。みんな、うっかり忘《わす》れていたので、ここで、一気にお祝《いわ》いをしようということになったのです。館長《かんちょう》のアリスが、夢をかなえてくれるというので、わたしたちは、『人間界《にんげんかい》への冒険《ぼうけん》』をお願《ねが》いしたというわけです。」

王子さまが、今までのいきさつを説明《せつめい》しました。

「それは、すばらしい企画《きかく》だなあ。おそらく世界で初めての試《こころ》みだ。」

ジンが感心していいました。

「エッちゃんが魔女《まじょ》だってことも、ジンさんという名のかしこいねこがいることも、アリスから聞いています。困《こま》ったことがあったら何でも相談するようにと、いわれてきました。」

ガリバーがエッちゃんとジンを交互《こうご》に見ながらいうと、ジンがうれしくなって、

「それは、光栄《こうえい》です。」

といいました。その時、ジンのひげがピンとのびました。長ぐつをはいたねこは、

（長くてつやのある、なんてすばらしいひげじゃろう。やはり、ただ者ではない。）

と、思いました。同じねことして、ジンのことが気になるようでした。

「ところで、冒険《ぼうけん》の期間は何日？」

エッちゃんがきりだします。

「たしか、アリスは、何日でもいいっていってたわ。」

ドロシーが答《こた》えました。

「ええ、ドロシーがいったように、期間は未定です。魔女《まじょ》さんと相談するようにいわれました。わたしたちとしては、おおぜいなので、めいわくがかからないようにしたいと思っています。」

王子さまがいいました。

「めいわくだなんて。そんなことだれも思ってないから、だいじょうぶ。何も心配はいらないわ。だって、あたしは、夏休みなんだもの。お好きなだけどうぞ！」

エッちゃんがいい終えた時、とつぜん、電話がなりました。

（こんな真夜中《まよなか》にだれかしら？）

エッちゃんが受話器をとると、アリスでした。

「ごめんなさい。あたしったら、うっかりして忘《わす》れていたの。」

「忘《わす》れたって？　いったい何…？」

「あのね、夏休みに童話の研究《けんきゅう》をしたいっていう男の子が、本を予約していたのを忘《わす》れていたの。ついさっき、れい子さんが書いたメモがでてきて、びっくり。あわてて電話したってわけ。一週間後に、借りる予定になっているの。だから、冒険《ぼうけん》はきっかり一週間。エッちゃん、そのこ

とをみんなに伝《つた》えてね。それじゃ、よろしく。」

それを聞いたエッちゃんは、

「たった七日間？　こんなにたくさんいるのに。もう少しのばせないの？」

と言おうとしたのですが、アリスはすぐに電話を切りました。

「えーっ、そんなの無理《むり》にきまってる。せめて、十日間はほしいな。せっかくのカーニバルなのに…。」

ピーターがおどろいていいました。

「大切《たいせつ》なのは時間ではなく、集中力じゃよ。時間の使い方にある。」

長ぐつをはいたねこがいいました。

「集中力って何ですか？」

のうみそのほしいかかしがたずねました。

「一カ所に力を集めること。つまり、時間を効果的《こうかてき》に使うことです。」

ガリバーが答《こた》えました。

「効果的《こうかてき》って何ですか？」

さらに、かかしの質問《しつもん》が続きます。

「時間をうまく使うってことです。七日間で、みんなが満足する冒険《ぼうけん》をすることが、効率的《こうりつてき》ということになります。時間は目に見えません。うまく使えば、案外《あんがい》いろんなことをこなせるものですが、使い方をあやまると、何もしないで終わってしまうこともあります。一時間を十倍《ばい》にも100倍《ばい》にもすることができますが、100分の1にもならない場合だってあるわけです。みんなでしっかりと話し合って、七日間が700日になるよう、時間をデザインしましょうよ。」

「ガリバー、ありがとう。よくわかったよ。」

かかしがお礼《れい》をいいました。

「時間をうまく使うには、どうしたらいいのかしら？　ただ、ぶらぶらするのって、もったいないわねぇ。」

ドロシーがつぶやきました。

「その通りじゃ。集中して使うなら目的《もくてき》があった方がいい。」

長ぐつをはいたねこが、すぐに賛成《さんせい》しました。

「冒険《ぼうけん》の目的《もくてき》…。」

みんな、じっと考えこみました。しばし、沈黙《ちんもく》が続きました。

いったいどんな目的《もくてき》で冒険《ぼうけん》をしたらいいのでしょう。用意されたステージは、初めての人間《にんげん》界《かい》です。考えこむのは、当然のことでした。沈黙《ちんもく》をやぶったのは、やはり王子さまでした。

「目的《もくてき》かどうかわかりませんが、わたしには、ひとつの願《ねが》いがあります。」

王子さまの瞳《ひとみ》が、サファイア色にかがやきました。

「それは、いったい何じゃ？」

長ぐつをはいたねこが、ゆっくりとたずねました。

「あのころの世の中には、まずしい人やかわいそうな人がたくさんいました。あのころというのは、わたしが生まれた百年ほど前のことです。今の人間界《にんげんかい》はどうでしょう？　わたしは、この目でたしかめてみたいのです。」

「それは、やめた方がいいです。いや、やめてください。」

ツバメが、羽をバタバタさせていいました。あまりに強くはばたいたので、つやのある黒色の羽が一枚ひらひらとまいました。

「なぜだい？」

ツバメは王子さまに見つめられると、身体《からだ》が熱くなりました。

「理由《りゆう》はかんたんです。だって、王子さまは、ご自分の目や身体《からだ》についている宝石《ほうせき》や金ぱくを、かわいそうな人たちにあげてしまうでしょう。そんなことになったらたいへん。たちまち、王子さまの目が見えなくなり、身体《からだ》は黒くきたなくなるでしょう。お祝《いわ》いどころのさわぎじゃなくなります。わたしは、王子さまの性格《せいかく》を全て知っておりますので、反対しているのです。もし、王子さまが、わがままで自分勝手《かって》だったら、すぐに賛成《さんせい》したでしょう。あんなにかわいそうな姿《すがた》の王子さまを、ぼくは…、ぼくは、二度と見たくありません。」

ツバメの目から、涙《なみだ》が一つぶ落ちました。

「どうして泣《な》いているのですか？」

とつぜん、心のほしいブリキのきこりが、たずねました。

「君は、そんなこともわからないのか？」

男爵《だんしゃく》がふしぎな顔をしました。

「わからない時はわからないという。いいではありませんか。」

イワンが口をはさみました。

「悪いとはいわないが、涙《なみだ》のわけを聞くなんておかしいよ。そんなことは常識《じょうしき》だ。」

「男爵《だんしゃく》にとって、常識《じょうしき》って何ですか？」

「知っていて当たり前のことだ。」

「それは、人によりちがうものではないでしょうか。」

男爵《だんしゃく》とイワンのいいあいは、エスカレートしそうに思われました。このままではけんかになるでしょう。

涙《なみだ》のわけを問われたツバメは涙《なみだ》にぬれ、答《こた》えられそうにありません。あわてたガリバーは、二人《ふたり》の間に入り、

「えっと…、ふつう、涙《なみだ》は、見ていられないほど悲しかったり気の毒なことがあったりした時に流れます。うまく表現《ひょうげん》できませんが、ツバメさんは、きっと、王子さまのむざんな姿《すがた》を思いだし、心がしめつけられて涙《なみだ》の粒《つぶ》を落としたのでしょう。」

と、いいました。

「ていねいにありがとう。でも、残念《ざんねん》ながら、わたしには心というものがなくて、だれも愛《あい》することができません。だから、心がしめつけられるという意味がわからないのです。」

ブリキのきこりは、たんたんとしていいました。

「そうでしたか。そんなこととは知らず、たいへん失礼《しつれい》しました。心がないから、涙《なみだ》を知らなかったのですね。それは当然です。きこりさん、心って、うれしくて悲しくてややこしいですが、いいものですよ。」

というと、ガリバーが胸《むね》をおさえました。

「ああ、そうだ、こうしたらどうだろう。まずしい人やかわいそうな人がいたら、王子さまの目や金ぱくではなく、ぼくたちが行って元気づける。」

とつぜん、ジャックがいいました。

「なるほど、それなら王子さまの姿《すがた》も変《か》わらない。」

今度は、ツバメが羽を開いて賛成《さんせい》しました。長ぐつをはいたねこは、

「すばらしいアイディアじゃ。わたしたちが、この人間界《にんげんかい》で役にたてるなんて、こんなにうれしいことはない。」

というと、タンスの上に飛び乗り、クルクルクルと三回転して着地しました。なんて、軽やかな身のこなしなのでしょう。ジンは、

（長ぐつをはいているというのに、ぴたっと地面にすいつくような着地だ。やはり、このねこは、ただものではない。）

と、この時、直感しました。

「なんだかうれしくなってきた。だけど、わたしたちにもできるかなあ。」

ミチルが心配そうにいいました。

「だいじょうぶ。ぼくたちにもできる。だって、おばあさんにもらった『魔法《まほう》のぼうし』があるじゃないか。」

チルチルは、かぶっていたぼうしを手にとると、ダイヤを左右に回していいました。回すとキラキラ光りました。

「まぶしい！」

一瞬《いっしゅん》、みんなは目を細めました。

「魔法《まほう》のぼうしって、何かひみつでもあるの？」

ジャックが、目をぱちくりさせてたずねます。

「ああ、これがあれば何でもできる。七色の光をあびた戸だなから、ミルクやさとうや水の精が飛びだしたり、ランプが美しい光の精になったりするんだ。」

というと、チルチルの瞳《ひとみ》は、ダイヤよりかがやきました。

「いいなあ。だけど、ぼくには、『魔法《まほう》の豆』がある。この豆は、天までのびて大きな木になるんだ。ぼくは、雲の上にいた巨人《きょじん》から、宝物《たからもの》をとりもどした。その宝物《たからもの》っていうのが、金のガチョウとハープをひく人形なんだ。残念《ざんねん》ながら、今、ここにはないけどね。」

ジャックが、豆をお手玉のようにぽんぽんとなげあげながらいいました。

「なるほど、二人《ふたり》とも、じつに、すてきなものを持っている。わたしには何もないが、この『口』がある。これがあれば、こわいものなしさ。どんな人も笑《わら》わすことができる。」

男爵《だんしゃく》が、自慢《じまん》のひげをなでながらいいました。

「口なら、だれだって持っている。」

ピノッキオがいいました。

「みんなの口とはちがう。わたしのは、いうなれば『魔法《まほう》の口』だ。」

と、いきおいよくいいました。その瞬間《しゅんかん》、みんなは、いっせいに首をかしげました。

（魔法《まほう》の口とは、いったいどんな口なのでしょうか？）

男爵《だんしゃく》のいっている意味がわかりません。でも、だれも、たずねようとはしませんでした。言い返されるにきまっていましたから…。

「男爵《だんしゃく》が口なら、おいらは、この鼻《はな》だ。これは、ただの鼻《はな》じゃない。『魔法《まほう》の鼻《はな》』なんだ。」

ピノッキオが、自分の鼻《はな》をさすりながらいいました。

「どこが魔法《まほう》なの？」

ドロシーがたずねました。

「それは、ひみつ。後であかすよ。」

ピノッキオは、口の前に1本指をたてると、シーっというポーズをしました。ひみつという言葉を口にすると、ピノッキオは、自分が英雄《えいゆう》になった気持ちがしました。

「魔法《まほう》のぼうしに魔法《まほう》の豆、魔法《まほう》の口に魔法《まほう》の鼻《はな》。どれも、魔法《まほう》づくし。魔法《まほう》には独特《どくとく》のひびきがあり、ときめきますなあ。でも、わたしだって、負けませんぞ。この『ふくろ』があるのじゃ。これさえあれば、悲しい人や困《こま》っている人を、たちまち元気づけることができる。」

長ぐつをはいたねこが、うっとりしていいました。

次の瞬間《しゅんかん》、カラスとフクロウが、いっしょに天井《てんじょう》を飛び、ピノッキオの鼻《はな》にとまっていいました。

「カーカー。何か大切《たいせつ》なおともをお忘《わす》れではありませんか？」

「ホーホー。何か大切《たいせつ》なことをお忘《わす》れではありませんか？」

ピノッキオは、はっとしていいました。

「うっかりしてた。おいらには大切《たいせつ》な助《すけ》っ人《と》がいた。カラスとフクロウとおしゃべりコオロギの三人さ。」

「おしゃべりは、よけいだな。」

コオロギが、額《ひたい》にシワをよせていいました。

「ごめんよ、おしゃべりコオロギ。おいらったら、ついうっかりして…。」

「また…。もういいよ。」

コオロギはおこって、背中《せなか》を向けました。

「コオロギさん、元気だして！　おしゃべりはだれにもできることじゃない。すてきなことじゃない。ものは考え方次第よ。そうそう、助《すけ》っ人《と》なら、あたしにもいるわ。」

といったのは、ドロシーです。

「のうみそのほしいかかしに、心のほしいブリキのきこりに、勇気《ゆうき》のほしいライオンよ。魔法《まほう》のものは何もない。だけど、みんなが力をあわせれば、きっと何かできる。あたし、そう信じているの。」

「つまり、君たちの魔法《まほう》は、『協力』じゃな。」

長ぐつをはいたねこがいいました。

（あのこわそうなライオンが、ドロシーの助《すけ》っ人《と》だったなんて…。勇気《ゆうき》のほしいライオンって、どんな意味なんだろう？）

エッちゃんは、首をかしげました。

　その時、エメラルドグリーンの男の子が、高くジャンプしていいました。

「ぼくは、フック船長《せんちょう》をたおした剣《けん》の名人さ。特技《とくぎ》は空を飛ぶこと。すばやい動きで、敵《てき》を退治《たいじ》する。」

ピーターがみんなの頭の上で、剣《けん》をぬいて左右にふって見せました。

「つまり、ピーターの自慢《じまん》は『空を飛ぶこと』じゃな。」

長ぐつをはいたねこがいいました。

「わたしには、自慢《じまん》できることが何ひとつありません。ただただ、まじめにいっしょうけんめいに生きてきました。」

イワンがいいました。

「もしかしたら、それが、大きな力を持つのではないだろうか。まじめにいっしょうけんめいに生きる。かけがえのない宝物《たからもの》にちがいない。」

というと、王子さまはやさしくほほえみました。

「つまり、そうじゃな。イワンの魔法《まほう》は、『後ろ姿《すがた》』にある。」

長ぐつをはいたねこがいいました。

「わたしには…、ほんとうに何もありません。魔法《まほう》の物もありませんし、助《すけ》っ人《と》もいません。イワンのような人に感動を与《あた》えるような後ろ姿《すがた》も…。しかし、船《ふね》に乗って外国へ行ってみたいと思っていたので、数学や医学、外国語の勉強をたくさんしました。それから、小人国や大人国などを旅した経験《けいけん》があります。それが、何かの役にたつといいのですが…。」

ガリバーが、力なくいいました。

「すばらしいな。ガリバー。君は、めあてに向《む》かってもくもくと勉強をして、たくさんの冒険《ぼうけん》をした。かけがえのない宝物《たからもの》じゃあないか。」

王子さまは、熱くいいました。

「つまり、ガリバーの魔法《まほう》は、その『勤勉《きんべん》さと経験《けいけん》』にあるのじゃ。」

長ぐつをはいたねこがいいました。

「みんな、いろんな魔法《まほう》を持っているんだなあ。これなら、たくさんの人が元気になれると思うよ。冒険《ぼうけん》が、ますます楽しみになってきた。」

というと、王子さまは大きく息をすって続《つづ》けました。

「さて、最後《さいご》にこのわたし。わたしは銅像だ。自由に動くことができない。しかし、今回、夜の図書館を貸《か》し切った折《おり》に、少しの距離《きょり》を歩くことが認《みと》められた。他の童話にも同じことがいえるが、ほんとうは動かない登場人物も、この時ばかりは許《ゆる》される。そうでないと、わたしたちは、自由に本を読むこともできないからだ。だが、行動範囲《はんい》は限られている。歩数の制限があり、全部で、一万歩ときめられているのだ。それを超《こ》えると、悲しいかな。わたしの身体《からだ》は動かなくなる。」

「もし、動かなくなったら？」

ドロシーがたずねました。

「それは、死《し》を意味する。」

「死《し》ぬの？」

ドロシーがさけびました。

「死《し》んでしまったら、本の中へ帰れない。つまり、わたしの童話が人々の記憶《きおく》からきえてしまう。『幸《しあわ》せの王子』のお祝《いわ》いのカーニバルのはずが、作品はなかったことになる。そんなことになったら、わたしを生んでくれたワイルドに申《もう》し訳《わけ》がたたない。これは、ワイルドが、命《いのち》がけで書いた作品なんだ。だから、どんなことがあっても一万歩を守《まも》り抜《ぬ》く。」

「そのお気持ちは、たいへんよくわかります。なぜなら、ぼくたちは、運命《うんめい》共同体だからです。」

ツバメが同情《どうじょう》しました。

「そのために、わたしには、この方法しか考えつかない。動かない冒険《ぼうけん》のやり方だ。やはり、この町の高いところにたって、悲しい人や困《こま》っている人を見つけようと思うのだ。ツバメには、空を飛んでその様子《ようす》を見てもらい、だれが応援《おうえん》したらいいのかをきめる。みんなで、力を合わせて、悲しい人や困《こま》っている人の力になる。みんな、この提案《ていあん》はどうだろう？」

王子さまがいうと、エッちゃんの部屋《へや》に、

「グッドアイディア！」

の声がこだましました。

6　ジャックの冒険《ぼうけん》

「さあ、どうぞ!」
エッちゃんは、焼《や》きたてのホットケーキを差しだしていいました。ホットケーキは18だんもあり、間から金色のハチミツがトローリトロトロ流れだしています。バターのかおりが鼻《はな》をくすぐると、あっちこっちから、おなかの音が聞こえてきました。グーグーサンバの始まりです。
　エッちゃんは、みんながけんかしないよう、ひとり一枚ずつ、身体《からだ》の大きさにあわせて焼きました。

大きなライオンには1メートルのホットケーキ、小さなツバメには3センチのホットケーキといった具合《ぐあい》です。

「いただきます！」

みんなで、パクパク、ムシャムシャ。あっという間にたいらげました。だって、こんなにおいしい朝ごはんは、初めてだったのです。ほら、本の中では、食事がなくても平気《へいき》でしょう。

「ごちそうさまでした。ああ、もう一枚、食べられたらなあ。」

といったのは、イワンです。すぐに、ジャックが、

「ぼくも、おかわりをしたいなあ。でも、イワンは、あんなに豆を食べたじゃないか。まだ、入るのかい？」

と、おどろいてたずねました。

「おいしいものは、いくらでも入ります。」

イワンが、おなかをポンとたたいてみせました。

「明日もつくるわよ。」

エッちゃんがにこにこしていうと、

「人間界《にんげんかい》にきてよかったなあ。」

あちこちで、つぶやきが聞こえました。

「おいおい、カーニバルは、これからじゃ。しかし、うまかったなあ。魔女《まじょ》さんをホットケーキ魔女《まじょ》と呼《よ》びたいくらいじゃよ。」

長ぐつをはいたねこも、うっとりしていいました。

「ありがとう。ほめてもらってうれしいわ。昨日、ミツバチのばあさんからいただいた新鮮《しんせん》なハ

チミツと、コッコー自慢《じまん》の生みたての卵と、モッチーのしぼりたてのミルクがたっぷりとあったの。おいしかったとすれば、材料がよかったからね。」

エッちゃんがいいました。

「さっそく、今日《きょう》から、カーニバルの始まりだ。わたしは、この町が見渡《みわた》せるどこか高いところに立つとしよう。魔女《まじょ》さん、どこかいいところはありますか?」

王子さまがたずねると、エッちゃんが首をひねりました。

「そうねえ。高いところといえば、17階だてのマンションの屋上か、最近《さいきん》できたばかりのスカイタワーの頂上《ちょうじょう》、あるいは、千年イチョウの木のてっぺんね。さて、どこがいいかしら?」

「うーん、そうだなあ。マンションの屋上は人間《にんげん》たちがのぼってくるかもしれない。いたずらされても困《こま》るしなあ。かといって、スカイタワーの頂上《ちょうじょう》は、夜ネオンがついてキラキラ光っているので、ねむれないかもしれない。一週間ねむれなかったら、王子さまは、おそらくたおれてしまうだろう。」

ジンは、しっぽをぶるんぶるん高速回転しながら考えました。

「わたしは、ねむれなくてもだいじょうぶです。せっかくあこがれの人間界《にんげんかい》へきたのですから、一日24時間、この町を見渡《みわた》しましょう。たったまま、一歩も歩かないのですから、それくらいしないとばちがあたります。」

と、王子さまは笑《わら》っていいました。

「でも、イチョウの木のてっぺんなら、人間《にんげん》たちものぼってこれないし、ネオンもないのでねむることもできるし、ぴったりじゃないかなあ。王子さま、イチョウの木はいかがですか?」

というと、ジンのしっぽはようやく動きを止めました。

「そのイチョウの木は、たしか千年とかいいましたが、若葉《わかば》がついていますか？　いやいや深い意味はありませんが、老木《ろうぼく》だと、ポキンとおれることがあるでしょう。それを心配したのです。

あはは、わたしは銅像《どうぞう》ということもあり、体重はけっこう重いものですから…。」

「王子さま、だいじょうぶよ。今年、１０００才になるけれど、新しい葉をふさふさとしげらせ、みごとな姿《すがた》でたっているわ。先日、遊びに行った時も、元気いっぱいだった。この町では、いちばんの物知りよ。ほら、あの山の上にたっているの。」

というと、エッちゃんは窓《まど》の外を指さしました。朝ねぼうのお日さまは、まだ準備中《じゅんび》。ダークブルーのカーテンの中に、山々とイチョウのシルエットがぼんやりと浮《う》かび上がって見えました。

「きめた！　そこにしよう。わたしの何倍《ばい》も人生《じんせい》を生きぬいてきたイチョウの木。長い歴史《れきし》の中で、喜《よろこ》びや怒りや悲しみを体験《たいけん》し、過ごされてきた日々《ひび》の記憶《きおく》はぼうだいです。千年の記憶《きおく》とひとことにいっても、かんたんには語れません。おそろしいほどの量です。だれも経験《けいけん》したことのないひみつを、聞けるかもしれません。」

王子さまの胸《むね》が、高鳴《な》りました。

「ところで、魔女《まじょ》さん、あの山の上まで、どうやって行きますか？」

「だいじょうぶ！　王子さま、あたしがほうきで案内《あんない》するわ。」

「ぼくもおともするよ。」

ジンがいうと、他の仲間《なかま》たちも、いっしょにいきたいといってさわぎました。

「重量オーバーにならないかしら？」

エッちゃんが心配そうにいうと、ほうきのおばばが、

「わしにまかせなさい。さあ、みんな乗って！　ただし、みんなが乗れるように工夫《くふう》するんじゃ

よ。」

といいました。エッちゃんを先頭に、まず王子さまが立ち、その後ろにみんながくっつき合って乗りました。

「イチョウの木まで出発じゃ！」

ほうきのおばがさけぶと、ほうきは、ゆっくりと空に浮《う》かび上がりました。ユーラリユラユラ。少しの間、空に浮《う》かんでいたかと思うと、とつぜん、ぐんぐんとスピードをあげました。

「こわいよ。おろして。」

ライオンがさけびました。

「おいおい、森の王者が何をいってるんだ？」

ピーターが、ふしぎそうにたずねます。

「ぼくは、勇気《ゆうき》のないライオンなんです。」

「そんなこと、今はいってられないの。覚悟《かくご》をきめて！　落ちる時はみんないっしょよ。」

ドロシーがはげましました。ライオンが、

「落ちたらいたいだろう？」

というと、男爵《だんしゃく》はあきれかえって、

「君には、森の王者としての威厳《いげん》がないのか？　どんなにこわくても、口にしていいことと、悪いことがある。」

と、いいました。

いくつも山をこえ、谷をこえ、千年のイチョウの木のてっぺんにつきました。

「じいさん、久しぶりじゃなあ。とつぜんじゃが、一週間だけ王子さまをとめてくださらんか。」

ほうきのおばばがウインクをすると、イチョウのじいさんは、

「おばばのたのみじゃ、しかたない。わしに、まかしておきなさい。」

と、ウインクを返しました。じつは、長いつきあいだったのです。

イチョウのじいさんは、久しぶりのお客さんに目を丸くしました。しかも、こんなにたくさんです。いつもは、ほうきに乗って魔女《まじょ》さんとジンが来るくらいでしたので、これはもう、生まれて初めてのことでした。

「ハッ、ハッ、ハックション！」

イチョウのじいさんは、とつぜん、大きなクシャミをしました。枝《えだ》にたたれると、くすぐったく感じられたのです。

「台風だ！　しっかりつかまって！」

ガリバーがさけぶと、みんな、木にだきつきました。

その瞬間《しゅんかん》、イチョウのじいさんは、身体《からだ》がポッポッとほてって、熱くなりました。すると、どうでしょう。エメラルドの葉っぱが、たまご色に変《か》わってきました。

「待ちなされ。じいさん。まだ、夏の始まりじゃ。紅葉《こうよう》しては、はやすぎる。このへんで、やめておきなさい。」

「おばば、そうはいっても、こうふんは、急に、とめられないものなんじゃ。」

イチョウのじいさんが、あわてていいました。

「そうかもしれないなあ。感情《かんじょう》は理性ではとめられない。じいさん、心があるってすてきなことじゃなあ。」

ほうきのおばばがつぶやきました。

やがて、木のゆれがおさまると、みんなは枝《えだ》の上にたって、景色《けしき》をながめました。

「すばらしいながめじゃ。17階だてのビルもスカイタワーも、遊園地も図書館も学校も、みんなみんな見える！」

長ぐつをはいたねこが、かんげきしてさけびました。

「ここからなら、町が一望《いちぼう》できる。それにしても、この町にはたくさんの人がいる。」

王子さまには、壁《かべ》をこえて、家の中に生活をしている人間《にんげん》たちの姿《すがた》が見えました。

「人間《にんげん》たちの姿《すがた》？　わたしには何も見えませんが…。」

イワンが首をかしげました。

「おいらも見えない。」

ピノッキオがいいました。

「わたしの視力は100・3もあり、3キロ先にいる地面のアリの動きを見ることができる。その上、厚い壁《かべ》の中にいる人々の姿《すがた》を透視《とうし》することもできるのだ。このサファイアの瞳《ひとみ》には、そんなひみつがかくされている。」

というと、王子さまの瞳《ひとみ》はますます青くかがやきました。空の色より何倍《ばい》も青く、瞳《ひとみ》がまるで地球《ちきゅう》のように見えました。

「王子さまの瞳《ひとみ》に、虹《にじ》が見える。」

ミチルがいいました。

「まるで、目の中に幸せの青い鳥がとんでいるみたいだ。」

チルチルがいいました。

「ああ、平和が宿《やど》っている目じゃ。この瞳《ひとみ》だから、人間《にんげん》たちの悲しみがわかる。清らかだが、深くたたずんでいる目じゃ。」

長ぐつをはいたねこがいいました。

「そろそろ、もどろう。日差《ざ》しがでてくるとめだってしまう。人間《にんげん》たちは、うるさいからね。」

ほうきのおばばが、イチョウのじいさんにあいさつをすると、空に浮《う》かびました。みんなあわてて乗りこみました。おいていかれたら、たいへんです。

「さて、ここで人数かくにん。王子さまとツバメ以外のみんなは、乗っている?」

エッちゃんがいいました。あんまりたくさんなので、わからなくなったのです。

「オッケー!」

みんなの声が遠くの山にこだま898すると、ほうきのばあさんは空高く浮《う》かび上がり、180度方向転換《てんかん》をしました。その瞬間《しゅんかん》、おばばが目を回し、どんどん下降《かこう》していきます。今年の夏は、例年より暑《あつ》かったために、エネルギー切れしていたのです。あわや地面につくと思いきや、カラスとフクロウが、ほうきを持ちあげそうじゅうしました。セーフです。

ライオンは、きぜつして目をまわし、ドロシーの背中《せなか》にたおれこんでいます。

「ライオン、目をさまして! さまさないと、病院へいって注射《ちゅうしゃ》をうつわよ。」

ドロシーの声に、目をさましました。

「ぼくは注射《ちゅうしゃ》がきらいなんだ。」

といって、シクシク泣《な》きました。やがて、エッちゃんの家につきました。

その日の昼、ぽつりと、しずくがひとつ、ツバメの背中《せなか》に落ちました。

「おや、雨かな?」

と、ツバメは空を見上げました。さっきと同じ青い空がどこまでも広がっていました。

「へんだなぁ。」

ツバメが上を向くと、王子さまの涙《なみだ》でした。青くかがやくサファイアの目が涙《なみだ》であふれ、それが金色のほおを伝わって流れ落ちてきたのでした。

（あの時と同じだな。）

と、ツバメは思いました。あの時というのは、百年以上も前のことです。

「なぜ、泣《な》いてるの？」

あの時と同じように、ツバメがたずねました。

「あんまりかわいそうだから。」

と、王子さまはためいきをつきました。

「あの平屋《ひらや》に、女の子がひとり泣《な》いている。女の子のお父さんは、小さいころ病気で亡《な》くなり、お母さんと二人っきりでくらしていた。ところが、三日前から、お母さんは仕事にでたまま帰ってこない。多少のおこづかいはあるものの、給食費《ひ》もはらえず、女の子は目の前がまっくらになっている。かわいいツバメよ。女の子のもとへ、だれかを送りこみ、生きる希望《きぼう》を与《あた》えておくれ。」

と、王子はツバメにたのみました。

　ツバメが飛んできて、エッちゃんの家のチャイムをつつきました。

「お父さんが亡《な》くなり、お母さんがでかけたまま帰らないので、生きる希望《きぼう》を失《うしな》っている女の子がいます。だれか、行って元気づけられる人はいますか？」

しばらく、しーんとしていました。みんな、どうしたらいいか考えている様子《ようす》です。その時、

「その女の子の名前は？」

と、ジャックがたずねました。

「なぜ、名前なんかを？」

「ただ、なんとなくさ。」

「そっか、女の子は、さやっていうんだ。」

と、ツバメが答《こた》えた瞬間《しゅんかん》、

「ぼくにまかせて！」

と、ジャックが自信まんまんにいいました。

「ここは、ジャックにまかせてみてはどうじゃろう？」

長ぐつをはいたねこが、いいました。

　エッちゃんはほうきをだすと、ジャックを乗せて、空に浮《う》かび上がりました。ツバメの案内《あんない》で、女の子の家までひとっとび。

　ジャックは、女の子の住んでいる家の庭に豆をまきました。

「いそいでくれよ！」

というと、豆は芽《め》をだし、たった三分で天までとどきました。低い雲をこえ、さらにまたひとつ中ほどの雲をこえ、最後《さいご》にいちばん高い雲をつきぬけてのびあがりました。

「何かしら？」

女の子は、窓《まど》の外をながめました。すると、どうでしょう。今まで何もなかった庭の真ん中に、それは大きな木があり、緑のはっぱをひらひらとさせているではありませんか。女の子は、目をぱちくりさせました。

「あれっ、いつの間に！」

おどろきとふしぎがまじった顔でいいました。そこへ、ジャックの登場です。

「ねぇ、この木にのぼってみない？　君の見たい物が何でも見えるよ。」

「何でも？」

「ああ、そうさ。」

「何か見たいものでもあるの？」

「ママが三日前から帰らないの。」

「それは、さびしいね。でも、ここにのぼったらきっと見つかるさ。」

「だけど、あたし、高いところが苦手《にがて》なの。どうしよう。のぼりたいのに、こわくてのぼれない。」

女の子は、悲しそうにいいました。

「だいじょうぶ。ぼくについてきて。ただ、ひとつ約束《やくそく》がある。のぼっているときは、ぜったいに下を見ないこと。これさえ守《まも》れば、こわくない。ぼくがいいよっていうまで、上だけを見てのぼること。」

というと、ジャックは、ロープのように太い豆の木を、するするとのぼりはじめました。女の子は、ジャックの真似《まね》をしてのぼりました。枝《えだ》がはしごのようについていたので、かんたんにのぼることができました。低い雲をひとつこえた時、ジャックがいいました。

「下をごらん？　君のママはいない？」

女の子は、こわいのをがまんして下界をさがしました。お母さんをさがしていると、こわさは自然ときえていきました。だって、こわいなんていって目を閉《と》じていたら、一生《いっしょう》、お母さんに会えないかもしれません。この時、女の子は、

（こわいというのは、あまえているのかもしれないなあ。）

と、思いました。その時、お母さんが見えました。病院のベッドで横になっていたのです。

意識《いしき》不明になり、病院にかつぎこまれたまま、三日間ねむり続《つづ》けていたのでした。

「ママ！」

女の子は、思いっきりさけびました。お母さんは、ベッドの上で、女の子の声が聞こえたのでしょうか？　同時に、

「さや！」

と、さけんでいました。お医者さんが、目を丸くして、

「きせき的に意識《いしき》がもどりました。今晩《こんばん》が山場でした。」

と、しずかにいいました。女の子は、その様子《ようす》を見て、

「ああ、この豆の木のおかげで、ママの命《いのち》がもどった。ジャック、ありがとう。」

と、お礼《れい》をいいました。

「いえ、ぼくは何もしてはいないさ。君が勇気《ゆうき》をだして豆の木にのぼったから、きせきがおこった。もし、のぼらなかったら、きせきはおこらなかった。お礼《れい》をいうなら、君の勇気《ゆうき》だね。」

と、いいました。

「ジャック、あたし、なんだか、勇気《ゆうき》がわきあがってきた。」

「ところで、この豆の木は、ここをのぼった人にだけ、次の国へ案内《あんない》することができるしくみになっている。」

ジャックがいいました。

「どこにいけるの？」

「じつは、天国までのびている。」

「天国？　天国って、亡《な》くなった人が行く、あのて・ん・ご・く？」

女の子は、さすがにおどろきました。

「そうだよ。この木をのぼっていくと、亡《な》くなった人に会うことができるんだ。」

「もしかしたら、お父さんに会える？」

「もちろん！」

ジャックが力をこめて答《こた》えました。

「だけど、また、いちだんと高くなりますよ。こわくないの？」

「こわいなんていってたら、きせきはおこらないもの。それに、下さえ見なければ、だいじょうぶだわ。」

女の子は、もうさっきの女の子とはちがいます。一歩一歩ふみしめ、豆の木をのぼっていきました。

　すると、頭の上に天国がありました。見上げると、たくさんの人の中に、なつかしいお父さんの顔がありました。やさしかったお父さん。日焼《や》けした顔にランニングシャツがにあって、あのころとちっともかわっていません。

「パパ！」

「さや！」

お父さんは、足下にいるさやの姿《すがた》に気づきました。

　さやが豆の木をもう一段のぼり、お父さんにだきつこうとした瞬間《しゅんかん》、お父さんがさけびました。

「来るな、さや。」

「どうして？」

「ここへきたら、死《し》んでしまうんだ。さやには、これから夢に向《む》かってがんばってほしい。それが、パパのいちばんの願《ねが》いなんだ。

今、さやとだきあえたら、どんなにうれしいだろう。でも、それは瞬間《しゅんかん》の喜《よろこ》びでしかない。今、会わなくても、いつかここで会える。」

「死《し》ぬってこと？」

「ああ、そうさ。悲しいけれど、人間《にんげん》はいつか死《し》ぬものだ。」

お父さんは、くちびるだけで話しました。

「死《し》ぬって、ちょっぴりこわいけれど、パパに会えるならこわくない気もする。」

「ごめんな、さや。ほんとうは、ママといっしょに、さやの成長をともに喜《よろこ》びあいたかった。パパだって、どんなにくやしかったことだろう。でも、一度死《し》んだら、人間界《にんげんかい》にはもどれない。それが地球《ちきゅう》のおきてなんだ。それができない今、こうして、天国から、見守《まも》っていることがゆいいつの楽しみなんだ。ほんとうだよ。だから、ここにこないで！　さや。君が笑《わら》うと、パパの心はとろけそうになる。さやはパパの天使なんだ。君の笑顔《えがお》は世界一さ。だから、これからも笑顔《えがお》を忘《わす》れず、夢にむかってせいいっぱい生きてほしい。」

お父さんは目に涙をためていいました。

「わかった。あたし、あたし、笑顔《えがお》を忘《わす》れないでがんばる。」

女の子の瞳《ひとみ》も涙にぬれていました。

「ママも、さやのおかげで、たった今、息を吹《ふ》き返したところだ。わたしは、ママがここにくるのではないかとはらはらしながら下界を見ていたんだ。もし、そんなことになったら、君はひとりでは生きていけない。どうしたらいいものかとなやんでいたところだった。でも…、よかった。」

お父さんは、胸《むね》をおさえていいました。

「パパは、あたしたちのこと、天国からずっーと見ていてくれたんだ。」

「当たり前だろう。ここから、毎日見ていたさ。そして、これからも、ずーっと見守《まも》っているよ。

さや、元気でな。ママのこともたのむよ。」

「まかせて！　わかったわ。」

女の子は、くしゃくしゃの顔で笑《わら》いました。

その時、ジャックがさけびました。

「たいへんだ。この豆の木の命《いのち》はあと、三分しかない。」

「どうして？」

「どうしてって、38分できえてしまうしくみになっているからなんだ。」

「なぜ？」

女の子のふしぎはとまりません。

「それは永遠に豆のパワーを維持《いじ》するためだ。この時間をすぎたらこの豆はただの豆になる。ただし、38分までなら、何度でも芽《め》をだし、天国までのび上がる。」

「すごい！」

「だって魔法《まほう》の豆だからね。」

「でも、どうして38分なんだろう？」

「あのね、今、そんなこといってるひまはない。とにかく、おりよう。」

ジャックは必死《ひっし》です。魔法《まほう》の豆の運命《うんめい》がかかっているのです。

「パパ、あえてうれしかったわ。」

というと、女の子は手をふって、ジャックより先にするするとおりました。その時間は、わずか一分でした。行きと比《くら》べると別人のようでした。

「セーフ！　時間は、37分50秒だ。」

ジャックがさけびました。その瞬間《しゅんかん》、豆の木とジャックはきえました。かわりに、さやの手には、えんどう豆が一つぶにぎられていました。次の瞬間《しゅんかん》、

「ただいま。さや、おるすばんありがとうね。」

お母さんが三日ぶりに帰ってきました。

「ママ、お帰りなさい！」

女の子は、お母さんに飛びつきました。

「今日《きょう》、パパに会ったの。」

「さや、ほんとう？」

お母さんは、びっくりしてたずねました。

「ええ、ほんとうのほんとう。」

「パパ元気だった？」

「もちろんよ。お父さんは、ぜんぜん変《か》わってなかった。とつぜん、病気でなくなったから、ゆっくりとお話もできなかった。今日《きょう》はたくさん話せて、まるで、夢をみているみたい。」

というと、女の子は目をとじました。

「そうね。あの時、さやは七才だったわね。大きくなったと思ったら、あれから、五年もたったんだ。ママもパパに会いたかったな。ほんとうに夢みたいね。」

といいながら、お母さんは、きっと女の子が夢でもみたのだろうと思いました。

「でも、夢じゃない。だって、この豆があるもの。」

というと、手のひらのえんどう豆を見つめました。

　その晩《ばん》、女の子は夢をみました。ジャックと話している夢です。

「ぼくの名前はジャック。君の名前は？」

「あたしの名前はさや。今日《きょう》はありがとう。お礼《れい》をいおうとしたら、あなた、きえちゃった。」

「ごめん、あの魔法《まほう》の豆には人間界《にんげんかい》での使用時間があって、ぎりぎりだったんだ。」

ジャックは、手をあわせてあやまりました。

「人間界《にんげんかい》って？　ジャックは、ちがう世界からきたの？」

「ああ、童話の世界さ。」

「もしかして、『ジャックと豆の木』？」

女の子は、ずっと気になっていたことをたずねました。

「ズバリ！　ところで、さやちゃんはすごいよ。高いところが苦手《にがて》だっていっておきながら、雲の上にまでのぼっちゃうんだもの。降《お》りる時なんて、ジェットコースターみたいだった。ぼくは、君の勇気《ゆうき》に感心したさ。元気を与《あた》えようとして行ったのに、反対に勇気《ゆうき》をもらったよ。」

ジャックは、瞳《ひとみ》をキラキラさせていいました。

「どうして、きてくれたの？」

「君の名前が『さや』って聞いてから、すごく気になった。他人《たにん》ではないような気がして、とにかく、助けなくちゃって感じたんだ。どうしてかは、わからない。ただ、むしょうに気になった。自分でも、ふしぎな感情《かんじょう》だった。なにかこう、運命《うんめい》の糸にひっぱられているような感じさ。」

「ジャックったら、へんなの。」

女の子はくすっと笑《わら》いました。

さて、ここは、エッちゃんの家です。ジャックがもどってくるなり、首をひねりました。

「ぼくは、あの子を助けるつもりが、反対に、あの子に守《まも》られていたような気がする。ツバメから話をきいた瞬間《しゅんかん》に、ぼくは手を貸《か》したくなった。ぼくじゃなくてはいけない気がしたんだ。どうしてなんだろう？」

「それは、女の子が『さや』という名前だったからじゃよ。」

長ぐつをはいたねこが、当たり前のようにいいました。

「それは、どういう意味？」

「ほら、えんどう豆というものは、さやの中に、きっちりとならんで入っておるじゃろう。豆はさやに守《まも》られている。これは、当然のことじゃよ。しかし、君の感覚《かんかく》は、おそろしいほど鋭《するど》いなあ。」

というと、長ぐつをはいたねこがたばこに火をつけました。そして、また、続《つづ》けました。

「そういえば、ジャック、たしか豆の木の使用時間は38分とか、いってたね。それも、名前に関《かん》係《けい》しているのではないのか？」

「38分が名前に関係《かんけい》しているって…？　あははっ、ねこさんは、おもしろいことをいうんだなあ。」

といって、ジャックはにやにやしました。

「おいおい、笑《わら》うなよ。わたしはいたって真剣《しんけん》なんだ。おそらくじゃが、『さや』は、38と書いてサヤってよめるじゃろう。偶然《ぐうぜん》かもしれないが、偶然《ぐうぜん》にしては、ちょっとできすぎておる。しかし、この世はこんな偶然《ぐうぜん》があるからおもしろいさなあ。」

というと、たばこを深く吸《す》いこんではきました。

「考えてみれば、この世は、偶然《ぐうぜん》の連続かもしれないなあ。」

ジンがつぶやきました。

「ジャックの冒険《ぼうけん》は、ばっちり成功《せいこう》ね。」

エッちゃんが、うれしそうにいいました。

「ええ、もちろん、お母さんが家に帰り、さやちゃんの笑顔《えがお》がもどり、それからひみつにしておいたのですが、ジャックは、金のガチョウのたまごを10こほどおいてきたそうです。それをうれば、給食費《ひ》は一年分ははらえるでしょう。」

ガリバーが笑顔《えがお》でいいました。

「ジャック、ありがとう。」

イチョウの木の上で、この様子《ようす》を見ていた王子さまは、しずかにほほえみました。

　空の上で、この様子《ようす》を見ていた細い顔をしたお月さまは、うっかりして、思いっきりにっこりしたので、とつぜん満月になってしまいました。

7　ピノッキオの冒険《ぼうけん》

「さやちゃんが、うらやましいなあ。」

勇気《ゆうき》のないライオンが、ポツリといいました。

「だいじょうぶさ、ライオン君。君だって、いざという時はできる。覚悟《かくご》が大切《たいせつ》なんじゃ。」

長ぐつをはいたねこがいいました。

「覚悟《かくご》か。無理だなあ。そんなものがあったら、

こんなになやまない。」

「だけど、ライオン君に勇気《ゆうき》があったら、こわい。こうして話したり、遊んだりすることもできないだろう。ぼくは、今のままがいいな。」

というと、ピーターは、いきおいよくライオンの背中《せなか》にとびのりました。

「そうだ。今のままでいいよ。」

他のみんなも、あちこちでうなずきました。

「勝手《かって》なことをいうなよ。おくびょうもののままでいたら、何もできない。君たちはその悲しさを知らないんだ。」

ライオンは暗《くら》い表情《ひょうじょう》でいうと、うつむきました。

「悪かったよ。君の悲しさを知らないで勝手《かって》なことをいってしまった。でも、たとえ勇気《ゆうき》をさずかったとしても、ぼくたちを食べないでね。」

ピーターがふるえていうと、ライオンは、

「当たり前だよ。友だちを食べるわけがない。ぼくは、弱い者いじめがいちばんきらいなんだ。」

と、いいました。

「そうじゃな。正義《せいぎ》のために、自分の力を使うのが、ほんものの英雄《えいゆう》じゃ。ライオン君、君は自分で気がついていないだけで、ほんものの勇気《ゆうき》を持ちあわせていると思うよ。」

長ぐつをはいたねこがつぶやきました。

　次の日の朝、ぽつりと、しずくがひとつ、ツバメの背中《せなか》に落ちました。ツバメは、もう雨だとは思いませんでした。上を向くと、王子さまに、

「なぜ、泣いてるの?」

と、たずねました。

「あんまり悲しいものだから。」

と、王子さまはためいきをつきました。

「あのマンションの7階に、男の子がひとり泣《な》いている。うそをつくことは悪いことだとわかっているのに、つい、口からでてしまうんだ。友だちからは、うそつきよばわりされ、元気をなくしている。かわいいツバメよ。男の子のもとへ、だれかを送りこみ、生きる希望《きぼう》を与《あた》えておくれ。」

と、王子はツバメにたのみました。

ツバメが飛んできて、エッちゃんの家のチャイムをつつきました。二度目のおつかいです。

「うそがやめられず、自分がいやになっている男の子がいます。だれか、行って元気づけられる人はいますか?」

「うそがやめられない男の子か…。なんだか、ピノッキオに似《に》ているなあ。」

おしゃべりコオロギがいいました。

「おいらと似《に》ている? とんでもない。おいらはうそがきらいなんだ。ついたことなんて、一度もないさ。」

というと、ピノッキオの鼻《はな》が、いきなりビューンとのびました。十センチも長くなっています。

「コオロギ君、おいらが、どんなうそをついた?」

「それはもう、たくさんありすぎて。あれも、これも…。」

「コオロギ君の方がうそつきだ。うそをついたこともないおいらを、うそつきよばわりにしてさ。」

というと、ピノッキオの鼻《はな》が、また、いきなりビューンとのびました。今度は二十センチも長くなっています。

「ピノッキオ、君の鼻《はな》がうそを証明《しょうめい》しているさ。」

おしゃべりコオロギがいうと、ピノッキオは自分の鼻《はな》をさわりました。

「そっか。おいら、また、やっちゃったよ。別に、うそをつきたくないのに、いつの間にかついてしまうんだ。あーあ。こんな自分がいやだなあ。」

と、ためいきをつきました。

「元気をだして！　ピノッキオ。そんなことより、あなた、同じなやみをもつ、男の子を助けることはできないかしら。」

エッちゃんがいいました。

「そのアイディア、いいかもしれません。」

ガリバーが、すぐに賛成《さんせい》しました。しばらく考えてから、ピノッキオは、

「自信はないけれど、やってみようかな。」

と、いいました。

「ここは、ピノッキオにまかせてみてはどうじゃろう？」

長ぐつをはいたねこが、いいました。

　エッちゃんはほうきをだすと、ピノッキオを乗せて、空に浮《う》かび上がりました。と、その時、おしゃべりコオロギとカラスとフクロウがやってきていいました。

「わしたちは森の名医と呼ばれる三人です。ぜひ、おともさせてください。」

「もちろん！　助《すけ》っ人《と》が三人もいれば、ピノッキオだって、心強いわね。」

エッちゃんがいいました。ジンも、興味《きょうみ》しんしんの顔でついてきました。ツバメの案内《あんない》で、男の子の家までひとっとび。

ピノッキオは、マンションの七階の男の子の部屋《へや》に入り、ソファーにごろんとねっころがりました。

男の子は、

「見たことないなあ。こんな人形、お母さんの書斎《しょさい》にあったかしら。」

と首をひねりました。男の子のお母さんは、人形の研究《けんきゅう》をしていたのです。世界各国へ旅《たび》をするたびに、いろんな種類の人形を買ってきました。

「でも、きっと、あったんだろうな。そうでなきゃ、おかしいもの。お母さんは、いつも、ぼくに整理整《せいりせい》とんをしなさいっていってるくせに、これはないよなあ。」

と、思った時、人形がしゃべりました。

「おいらの声が聞こえるかい?」

「えっ、今、人形がしゃべった?」

「おどろかないで聞いてよ。おいら、子どもと子どもの心を持った大人《おとな》とだけしゃべれるんだ。名前はピノッキオ。でも、呼《よ》ぶときは、ピノでいいよ。君の名前は?」

男の子は、ころがっていた人形が話しかけてきたので、目をまん丸にしました。

「ぼ、ぼくの名前は、けんたろう。そう、けんぼうって呼《よ》んで。おどろいたよ。まさか、人形が話すなんて、夢のような話だ。」

「おいらをゆうれいにするのかい?」

「いや、ゆうれいだなんて…、ごめんなさい。ゆうれいにはあしがないけど、ピノには立派なあしがある。」

「まあいいさ。」

「ところで、ピノの鼻《はな》は立派だなあ。ぼくも、こんな鼻《はな》だったらよかった。ぼく、自分の低い鼻《はな》がきらいなんだ。」

ピノは、しめた！　と思いました。

「そんなにほしいなら、あげようか。おいらは、この鼻《はな》にあきてきたところだ。」

　さっそく、けんぼうは、ピノッキオと鼻《はな》を交換《こうかん》しました。

「なんだか、立派になったみたいだな。」

けんぼうは、鏡《かがみ》を見ると顔をバラ色にそめました。

「よし、この鼻《はな》を自慢《じまん》しようっと…。」

というと、スキップをふみながら家をでました。もちろん、ピノッキオと、森の名医の三人はしずかについていきました。

　ひまわり公園へ行くと、ミンミンゼミが、合唱《がっしょう》の練習をしていました。ひまわり娘たちは、その歌を聞くと、うれしくなって背《せ》をのばしました。

　ひまわり畑の間で、かい君としょうご君がキャッチボールをしていました。

「何をしにきたんだ。うそつき君。」

といいながら、しょうご君はボールをなげました。そのボールをかい君がキャッチすると、

「あれっ、うそつきの顔がいつもとちがう。へんだなあ。お前、鼻《はな》が高くなったか？」

といって、けんぼうの顔をしげしげと見つめました。

「二人とも、ぼくのことをうそつきよばわりするのはやめてくれ！」

「だって、ほんとうのことじゃないか。なっ、かい君。」

「しょうご君のいう通りさ。ぼくたち、きみのうそにへとへとなんだ。」

「ぼくが、どんなうそをついた?」

「どんなうそ? たくさんありすぎて、忘《わす》れてしまったよ。最近《さいきん》のことでいえば、五日前にかした冒険《ぼうけん》の本、返してくれ。あの本は、ぼくの宝物《たからもの》。おばあちゃんが買ってくれた大切《たいせつ》な本なんだ。」

と、さびしそうにいいました。かい君のおばあちゃんは、昨年の夏、病気で亡《な》くなってしまったのです。一年に一度、田舎《いなか》へかえるたびに、本のプレゼントをしてくれていたのでした。

「その本なら、昨日の夕方、君の家のポストにきちんと入れたよ。」

というと、けんぼうの鼻《はな》が、いきなりビューンとのびました。その時、鼻《はな》が少しだけむずむずしました。

「それ、ほんとうのことかい?」

かい君は念《ねん》をおすようにいうと、びっくりしてけんぼうの鼻《はな》を見つめました。

「ああ、ぼくが入れた後、家族のだれかが、とっていったにちがいないよ。」

というと、けんぼうの鼻《はな》が、また、いきなりビューンとのびました。その時、鼻《はな》がかゆくなりました。

「でも、だれも知らないって…。家族のだれも、ポストの本を受け取っていない。ぼくだって、けんぼうを信じたいさ、でも、信じられないんだ。」

かい君は、そういいながら、また、びっくりしてけんぼうの鼻《はな》を見つめました。もちろん、しょうご君も同じです。

　この時、二人《ふたり》にとって、なくした本のことはどうでもよくなっていました。なぜかって? それは、もちろん、どこまでも長くなっていく鼻《はな》のことで頭がいっぱいになっていたからです。

「それなら、もう絶交《ぜっこう》だ。返したといっているのに、信じてもらえない君たちとは、友だちになれない。」

というと、けんぼうの鼻《はな》が、またまた、いきなりビューンとのびました。

とうとう鼻《はな》はてんぐのように長くなり、上を向くと、ひまわりの背丈《せたけ》をこし、電線にひっかかりそうでした。鼻《はな》の上には、カラスとフクロウが羽を休めにやってきました。そう、ピノッキオの助《すけ》っ人《と》の二人です。

「勝手《かって》にとまるなよ。休むなら、ことわってからにしてくれ！」

けんぼうがやけになってさけびました。この様子《ようす》を見ていたおしゃべりコオロギが、

「けんぼう、うそはよくないぞ！」

と、忠告《ちゅうこく》しました。

「うそだって？　証拠《しょうこ》でもあるのかい？」

「この鼻《はな》には、魔法《まほう》の力があるんだ。うそをいうと、のびるしくみになっている。」

ピノッキオがいいました。

かい君にもしょうご君にも、ピノッキオの声が聞こえました。子どもだったからです。

「なんだよ、みんなして、ぼくをうそつきよばわりしてさ。もう、こんな鼻《はな》いらないよ。」

けんぼうは、おこりだして鼻《はな》をむしりとろうとしました。ところが、鼻《はな》はびくともしません。かわいそうに、けんぼうの鼻《はな》の付け根は、真っ赤にはれあがってしまいました。

「せっかくいい気分で休んでいるのに、ゆらさないでおくれ。」

カラスが大きなあくびをしました。

「ここからのながめは最高なんだよ。」

というと、フクロウは望遠鏡《ぼうえんきょう》で真珠《しんじゅ》の森をながめました。

「けんぼう、この鼻《はな》をとろうとしてもむださ。長いままではとれないんだ。」

ピノッキオがいいました。

「一生《いっしょう》、このままってことかい?」

「いや、短くなればとれる。」

「どうしたら、短くなるの?」

「そんなのかんたんさ。ほんとうのことをいえばいい。さっきついてしまったうそをあやまれば、リセットされて短くなる。鼻《はな》には、ひとつひとつのうそが蓄積《ちくせき》されて記憶《きおく》される。その記憶《きおく》が正しくとければ、短くなるってわけさ。」

ピノッキオがいいました。

「…。」

「けんぼう、何を考えているの? おいらがいったこと、やってみたらいい。」

「そんなことできるわけがないよ。だって、ぼくはうそをついてないんだ。」

というと、けんぼうの鼻《はな》が、またまたまた、いきなりビューンとのびました。とうとう鼻《はな》はひまわりをおいこし、電線にぶつかり、ねじれて曲《ま》がりました。けんぼうは、おそろしくなって、

「助けてくれー!」

と、さけび声をあげました。

「無理さ。だって、君は自分のうそを認《みと》めないのだもの。鼻《はな》は地球《ちきゅう》を1周するだろうよ。いいじゃないか。テレビにでて、いちやく有名になる。」

ピノッキオが、わざと冷《つめ》たくいいました。

「有名になんかならなくていい。助けてください。」

けんぼうが必死《ひっし》になっていいました。

　しばらくすると、ピノッキオがいいました。

「わかったよ。今日《きょう》は森の名医を三人呼んできた。さっそく、君が助かるかどうかを聞いてみよう。」

というと、あらわれたのは、おしゃべりコオロギとカラスとフクロウです。

（さっき、見た三人だ。）

けんぼうが気づきました。

「それで、先生方、この子は助かりますか？」

まず、カラスが進みでて、けんぼうの胸《むね》をつつきました。

「わたくしめのみたところでは、自分のついたうそを認《みと》めることさえできれば助かります。認《みと》めなかったら、鼻《はな》が電線にひっかかったまま死《し》ぬでしょう。」

次にでてきたのは、フクロウです。

「わしのみたては、うそを認《みと》めたら、自分が悪かったと反省《はんせい》することです。反省《はんせい》できなかったら、鼻《はな》が電線にひっかかったまま死《し》ぬでしょう。」

最後《さいご》にでてきたのは、おしゃべりコオロギです。

「わたしのみたては、うそをついたことを認《みと》め反省《はんせい》できたら、素直《すなお》にあやまることです。あやまることができなかったら、鼻《はな》が電線にひっかかったまま死《し》ぬでしょう。」

　けんぼうは三人の話を聞くうちに、自分の身体《からだ》がポッポッポッと熱くなるのを感じました。頭の中では、これまでのうそが、行列をつくりました。

（あれもこれも、それも…、それから…。）

とふり返っていると、けんぼうの瞳《ひとみ》に、ダイヤモンドのような水が、チョロチョロとわきあがってきました。それが、たまって、ひとつ、まばたきをすると、ポトリと落ちました。

「ぼくは、かい君の本をかりたまま返していません。返したというのはうそです。本は、ぼくの机《つくえ》の中にかくしてあります。」

というと、けんぼうの鼻《はな》が、いきなりビューンとちぢみました。かぎのように曲《ま》がっていた鼻《はな》がまっすぐになりました。

「ポストに入れたというのもうそです。ですから、かい君の家のだれかがとったということはありません。」

というと、けんぼうの鼻《はな》が、また、いきなりビューンとちぢみました。電線より下で止まりました。

「うそをついたのは君たちでなく、ぼくです。だから、君たちと絶交《ぜっこう》したいなんて思ってもいません。ほんとうは、これからも、ずっと友だちでいてほしいと思っています。」

というと、けんぼうの鼻《はな》が、またまた、いきなりビューンとちぢみました。ひまわりの背丈《せたけ》ほどで止まりました。

「ぼくは、今まで、うそをつき続《つづ》けてきた。うそをつくことで、さらに、また次のうそを重ねた。だって、そうしなければ、うそがばれてしまうだろう。ばれないためには、うそをつき続《つづ》けるしか方法がなかったんだ。」

「一度うそをついてしまったら、うその沼《ぬま》にあしをとられるでしょう。その沼《ぬま》の正体《しょうたい》は、『底《そこ》なし沼《ぬま》』です。どこまでしずんでも、終わりということがありません。」

カラスが、こわい声でいいました。

「初めのうちは、良心がチクチクいたんで苦しかった。でも、うそをつき続《つづ》けているうちに、なれてきた。いつの間にか、平気《へいき》になってしまったんだ。」

「人間《にんげん》にとって、なれはおそろしいものです。まちがったことをしていても、悪いという意識《いしき》がなくなっていきます。つまり、正常《せいじょう》な神経《しんけい》がまひしてしまうのです。」

フクロウが、低い声でいいました。

「そればかりじゃない。うそが、あたかもほんとうのように思える自分がいた。いや、正当化したいがために、そう思いこもうとしていたのだろう。」

「人間《にんげん》たちの心には、自分を責《せ》めないために、そのようなプログラムが組み込まれています。おそろしいことです。でも、だれだって、自分を悪者にしたくない。これは、自己防衛《じこぼうえい》の本能というものでしょう。」

おしゃべりコオロギが、いいました。

「でも、本能をむきだしに生きるのは下等《かとう》な動物のすること。そんなの最低《さいてい》だよ。人間《にんげん》は、知性あふれる生き物なんだ。だから、その考えを否定《ひてい》しなければならない。ぼくは、今、うそをついたことを深く反省《はんせい》している。まず、かい君にかりた本を返してあやまりたい。」

というと、けんぼうは本をとりに家に急ぎました。そして、息をハーハーさせてもどってくると、

「かい君、ごめんなさい。この本は、君にとって、おばあちゃんが買ってくれた特別《とくべつ》の本だった。それなのに、ぼくときたら、何も知らずに机《つくえ》の中にかくしてしまった。こんなことしたら、どろぼうと同じだね。でも、始めから、ぬすもうとしたわけではないよ。ただ、この本があまりにおもしろかったので、ほしくなってしまったんだ。そして、手が動いた。ぼくは、本をとってしまった上に、いくつものうそを重ねて、君を裏切《うらぎ》ってしまった。ほんとうに、ごめんなさい。」

と、あやまりました。すると、どうでしょう。けんぼうの鼻《はな》が、いきなりビューンとちぢみ、元

の長さにもどりました。

「ああ、大切《たいせつ》なおばあちゃんの本がもどってきてよかった。けんぼう、これからは、ぜったいにうそをつかないと約束《やくそく》できるかい？　だったら、許《ゆる》してもいいよ。」

「約束《やくそく》をする。ぜったいにうそはつかない。」

けんぼうは、自分にいいきかせるようにいいました。にごっていた心がすき通っていくようでした。

その瞬間《しゅんかん》、ミンミンゼミの合唱《がっしょう》が練習をやめ、耳を澄《す》ましました。シーンとなると、ひまわり娘《むすめ》たちは、3センチずつ背丈《せたけ》をのばしました。

家に帰ると、けんぼうはピノッキオにお願《ねが》いしました。

「この鼻《はな》は、もういらない。ピノ、ぼくのと交換《こうかん》して！」

「…。」

ピノッキオは返事につまりました。

「どうしたの？　早く交換《こうかん》してよ。」

けんぼうが待ちきれないでいうと、ピノッキオは、しばらく、考えてからいいました。

「けんぼうの本心がわからないから、すぐには交換《こうかん》できない。」

「ぼくの心？　だったら、ぼくに聞けばいいじゃない。そんなのかんたんなことだ。」

けんぼうは、当たり前のようにいいました。

「しかし、心というものは目に見えない。本人にもわからないことがある。そこが、ややこしいのだ。」

「ピノ、ややこしいのは心ではなくて、君の方だよ。いったい、何がいいたいのか、よくつかめない。

さっきから、心、心って…。いったい鼻《はな》と心と、どういう関係《かんけい》があるの？」

けんぼうの頭は、こんがらがってきました。

「鼻《はな》と心は、まさに切り離《はな》せない関係《かんけい》にある。」

ピノッキオが、自信まんまんにいいました。

「ピノったら、へんなの。」

と、けんぼうがつぶやいた時、ピノッキオが目をかがやかせました。

「そうだ、森の名医たちに聞いてみよう。」ピノッキオは、三人を呼んでいいました。

「けんぼうが鼻《はな》をいらないといったが、けんぼうの心のうちを想像《そうぞう》してほしい。それで、鼻《はな》を交《こう》換《かん》するかをきめるつもりだ。」

まず、カラスが進みでていいました。

「いらないということは、つまり、これからも、うそをつきたいという証拠《しょうこ》です。うそをつくと鼻《はな》がのびてじゃまになる。だから、いらないと答《こた》えたと考えます。」

「なるほど…。」

次は、フクロウです。

「いやいや、わしのみたては反対でございます。これからは、鼻《はな》がなくても、だいじょうぶ。うそをつかないという証拠《しょうこ》です。うそをつくことが悪いとわかっているので、鼻《はな》がなくても、自分でしっかりと行動できる。だから、いらないと答《こた》えたと考えます。流した涙《なみだ》はほんものでしょう。」

「なるほど…。」

最後《さいご》は、おしゃべりコオロギです。

「うそは悪いこととわかっていても、もしかしたらつくかもしれない。多少の不安《ふあん》はあるでしょう。でも、そんな心配をしたところで、前進はありません。相手《あいて》を信じることで、決意をたしかなものにするでしょう。」

「なるほど、決意をたしかにするか…。」

とつぶやくと、声を大にしていいました。

「よくわかった。けんぼう、おいら、君の決意を信じるよ。さっそく、鼻《はな》を交換《こうかん》しよう。」

ピノッキオは、はっきりといいました。決断《けつだん》に、まよいはありませんでした。

「ありがとう。ピノ。」

「どういたしまして…。」

「でも、この鼻《はな》のおかげで、うそがどんなに人をきずつけるかがわかったよ。これからは、正しく生きたいと思っている。」

けんぼうが、明るい顔でいいました。

「おいらも、けんぼうと同じさ。つい、口からでてしまう、『うそ』とのたたかい。この修行《しゅぎょう》は一生続《いっしょうつづ》くだろうな。」

ピノッキオが、けんぼうを見つめていいました。

「それじゃあ、交換《こうかん》だ！」

というと、二人《ふたり》はいっしょに自分の鼻《はな》をとりました。こんどは、ポロンとかんたんにとれました。

けんぼうは、

「ぼく、この鼻《はな》がなくてもがんばるよ。心の宝箱《たからばこ》にピノをおいて、努力《どりょく》する。」

というと、ピノッキオのつけていた鼻《はな》をつけました。ピタッとすいつくようにつきました。ピノッ

キオは、

「おいらも、負けないよ。けんぼうを思いだして努力《どりょく》するさ。」

というと、けんぼうのつけていた鼻《はな》をつけました。やっぱり、ピタッとすいつくようにつきました。

「ピノ、やっぱり自分の鼻《はな》がいちばんだ。」

「ああ、そうだね、けんぼう。」

と、うなずいた瞬間《しゅんかん》、ピノッキオがきえました。

「ただいま。けんぼう、おるすばん、ありがとうね。」

お母さんが、かいものから帰ってきました。

「お母さん、たしか、ピノッキオの人形、持ってたよね。」

「ピノッキオ？　持ってないわよ。だって、ピノッキオはイタリアの人形よ。まだ、イタリアを旅《たび》したことがないもの。どうして？」

お母さんは、ふしぎな顔でたずねました。

「ううん、何でもない。」

けんぼうはあわてて答《こた》えると、

（あれは、夢だったのだろうか？）

と、思いました。次の瞬間《しゅんかん》、お母さんがけんぼうの顔を見るなり、

「あれっ、けんぼうの鼻《はな》の周《まわ》り、真っ赤にはれあがっているけど、何かあったの？」

と、おどろいていいました。鏡《かがみ》を見ると、たしかに赤くなってます。これは、鼻《はな》を交換《こうかん》した時にはれてしまった証拠《しょうこ》です。

（やっぱり夢なんかじゃない。そうだ、冒険《ぼうけん》の本？）

あわてて机《つくえ》の中を探《さが》すと、やっぱり借りた本がありません。かい君に返した証拠《しょうこ》です。

数時間すると、かい君から電話がかかってきました。

「今日《きょう》は、本をありがとう。」

「えっ、どうしてお礼《れい》を？　とってしまったんだから、返すのは当たり前のことでしょ。」

けんぼうがおどろいていると、かい君は、明るい声でいいました。

「じつは、すごいことがあったんだ。君のおかげで、きせきの体験《たいけん》ができた。聞いてくれ！　表紙を開くと、ルビー色の電子カードが入っていた。ふしぎに思い、そのカードを手にとってみた。よく見ると、カードの上には、『おめでとう！　大あたり！　会いたい人キャンペーン実施中《じっし》』と書いてあるじゃないか。ぼくはこうふんで、しんぞうがいたくなった。次に、真ん中に目を移《うつ》すと、星形のスイッチがあったので、思わずおしてみた。すると、どうなったと思う？」

「おばけでもでてきた？」

けんぼうは、こうふんして話しているかい君を、ちょっぴりからかってみたくなり、冗談《じょうだん》をいってみました。

「なんと、おどろくなよ。亡《な》くなったおばあちゃんがでてきたんだ。どんなに会いたかったことだろう。ぼくは、なつかしくなって、むちゅうで話した。天国のことや、家族のこと、そして勉強のこと。そして、昔《むかし》よくやったように、おばあちゃんの胸《むね》に顔をうずめてみた。あの時と同じお花のにおいがした。ああ、ぼくは、おばあちゃん子だったから、小さい時、いっしょにねていたんだよ。そして、最後《さいご》に、おばあちゃんがこんなことをいったんだ。」

「どんなこと。早く聞かせて！」

けんぼうは、せかしました。

「この本を借りた子は、さびしい子だったって。友だちから、うそつきよばわりをされているみたいだけれど、ほんとうは正直《しょうじき》ないい子なんだ。ただ、友だちがいないさびしさから、意地悪《いじわる》をしたり、うそをついてしまったりするようになったって。だから、けんぼうを大切《たいせつ》にしなさいねって。」

「かい君のおばあちゃんは、お日さまみたいな人だなあ。こんなぼくでも、あたたかくつつんでくれる。」

けんぼうは、うれしくなりました。

「そして、こう続《つづ》けた。このカードが与《あた》えられるのは、地球上《ちきゅう》でたった三人だけ。心が澄《す》んでいる人だけにプレゼントされるらしい。当選したのは、けんぼうにまちがいない。だって、カードに書かれていた当選の日付を見たら、君に貸《か》した後になっていたんだ。ところが、ぼくの本だったから、まちがってカードを使ってしまった。後で、気がついたってわけさ。ごめんね。」

「君はやさしいんだなあ。かい君の本だもの。君が使うのがいちばんだよ。それに、そのカードは、本の持ち主の君にプレゼントされたものだと思うよ。うそつきのぼくが当選するんだったら、世界中の人が当選することになる。だから、あやまったり、お礼をいったりするのはやめてくれ。」

けんぼうが笑《わら》っていいました。

「けんぼう、ありがとう。」

「だから、それをやめてって。ぼくの方が君に100倍《ばい》のありがとうをいうべきなんだ。ありがとう。」

二人《ふたり》は、ありがとうをいいあって、電話を切りました。

さて、ここは、エッちゃんの家です。ピノッキオがもどってくるなり、首をひねりました。

「あのカードは、どちらにおくられたんだろう」

長ぐつをはいたねこが、

「お互《たが》いに、相手《あいて》のおかげと信じているところに、友情《ゆうじょう》が成りたっている。どちらか、つきつめない方が二人《ふたり》の幸《しあわ》せじゃなあ。」

といいました。

「2度目の冒険《ぼうけん》も、成功《せいこう》ね。」

エッちゃんが、うれしそうにいいました。

「ええ、もちろん、けんぼうがうそを認《みと》め、反省《はんせい》してあやまることができた。その上、ピノッキオの鼻《はな》がなくても、これからは、うそをつかないで生きていこうって、決心をすることもできた。」

ガリバーが晴れ晴れしい顔でいいました。

「うそをつくと友だちをなくし、自分を見失《みうしな》う。うそは、自分を傷《きず》つけるだけだものな。これからは、友だちもたくさんできるだろう。」

ジンが、いいました。

「ピノッキオ、それから、カラスに、フクロウに、おしゃべりコオロギ、ありがとう。」

イチョウの木の上で、この様子《ようす》を見ていた王子さまは、しずかにほほえみました。

8　チルチルミチルの冒険《ぼうけん》

「さて、お昼にしましょう。今日《きょう》は、ソーメンパーティよ。みんなだいじょうぶかしら？　そうそう、鳥さんたちの分は、のどにつまらないように短くきってあるからね。」

というと、エッちゃんは、ザルにソーメンを山ほど乗せてやってきました。まるで、雪山のようです。

「生たまごをのせると、月見ソーメンになるのよ。ほらっ。」

といって、エッちゃんがやってみせると、みんな、いっせいにたまごを割《わ》りました。カラスは、

「あれまー、わたくしのたまごより大きい。」

といって、くやしがりました。青い鳥は、

「だれのたまごかしら?」

と首をひねりました。フクロウは、

(一度で、こんなにたくさんのたまごを割《わ》るなんて…。人間《にんげん》たちは、たまごの中に命《いのち》が宿《やど》っているということを知っているのだろうか?)

と、悲しくなりました。鳥たちにとって、たまごは命《いのち》のかたまり。いきおいよく割《わ》るということは、罪《つみ》深く思われました。

「ピノッキオの鼻《はな》、いいわね。あたしもほしいなあ。」

エッちゃんは、ソーメンをずるずるとすすりながらいいました。おはしがうまく使えず、手づかみで食べていたピノッキオは、

「魔女《まじょ》さん、交換《こうかん》しようか? 魔女《まじょ》に、この鼻《はな》はぴったりだ。」

というと、自分の鼻《はな》をとろうとしました。

「とらないで! やっぱりやめておく。だって、のびっぱなしだったら、たいへん。周《まわ》りの人に、今、魔女《まじょ》さんがうそをついたって、ばれちゃうし…。あははっ。」

「まさか! 魔女《まじょ》さん、うそをつくってこと?」

ピノッキオのさけび声で、一瞬《いっしゅん》、みんなのはしがとまりました。

「そんなわけじゃないけど、ほら、しかたなく、ついてしまううそってあるじゃない。かぜをひいて熱があるのに、心配させたくなくて、『元気よ!』って答《こた》えたり、年の話になった時、『年齢《ねんれい》より、ふけてるわね。』なんていえないでしょう。もちろん、事実《じじつ》は大切《たいせつ》よ。でも、あたしに

は無理《むり》。これは、心のエチケットっていえるのかもしれないわね。」

「そっか。」

ピノッキオがつぶやきました。

「もし、ピノッキオの家族が重い病気にかかり、お医者さんから、『命《いのち》があぶないです。』と宣告《せんこく》されたら、本人に向《む》かって、『あなた、もうじき死《し》ぬわ。』なんていえる?」

「いえないさ。もし、いってしまったら、生きる希望《きぼう》をなくすかもしれない。そんなことになったらたいへんだ。おいらだったら、自殺《じさつ》しちゃうかも…。」

ピノッキオは、頭がくらくらしました。

「そうでしょう? 真実《しんじつ》は、口がさけてもいえないでしょう。かわりに、元気づけようとして、『だいじょうぶ、すぐに治《なお》る。』ってはげましの言葉をそえると思う。いった瞬間《しゅんかん》、鼻《はな》がのびたら最悪だわ。」

というと、エッちゃんは、ソーメンのおつゆをズーっと飲みほしました。

「そっか。うそってひとことにいっても、いろいろあるんだなあ。」

ピノッキオは、感心していいました。

「ああ、うそには2種類のうそがある。ついていいうそと、ついてはいけないうそじゃ。うそというものは、たいていの場合、ついてはならないときまっている。どうしてかっていうと、相《あい》手《て》を裏切《うらぎ》ることになるからじゃ。相手《あいて》をごまかして、いい人間関係《にんげんかんけい》は成立しない。残念《ざんねん》じゃが、二人《ふたり》の間に、友情《ゆうじょう》は生まれないじゃろう。」

長ぐつをはいたねこが、たばこに火をつけていいました。

「うそをついて生活をしている人は、ずっと、友だちができないってことになる。」

ジャックが、食後のソフトクリームをなめていいました。

「その通りじゃ。さて、君たちは、どちらの人生《じんせい》を選ぶだろう？　まだ、時間はある。これから、じっくりと考えて行動したらいいさ。」

というと、長ぐつをはいたねこは、ひとりひとりの顔を見回しました。

「ひとつ質問《しつもん》ですが、さっき、魔女《まじょ》さんがいった、ついてもいいうそと、どこで使い分けたらいいのでしょうか？」

ガリバーがたずねました。

「それはかんたんじゃよ。相手《あいて》の立場にたって考えることじゃ。基本は、真実《しんじつ》を正確《せいかく》に伝《つた》えることと。誠実《せいじつ》な心があれば、たいていのことは、うまく伝わるはずじゃ。たとえ、マイナスの内容だって、伝《つた》え方に気をつければ、希望《きぼう》になったり、励《はげ》ましになったりもする。しかし、さっき、魔《ま》女《じょ》さんがいったのは例外じゃ。いくら努力《どりょく》しても、どうにもならない事がある。たとえ事実《じじつ》であっても、相手《あいて》が絶望のどん底《そこ》に落ちてしてしまうような内容は、伝《つた》えない方がいい。もしかしたら、ショックで自殺《じさつ》をしてしまうかもしれない。そんな時に、使うのじゃ。言葉というものは、花たばにもなるが、メスにもなるんじゃよ。」

というと、長ぐつをはいたねこの瞳《ひとみ》は、涙でぬれました。

「こわいわね。言葉を大切《たいせつ》に使わなくちゃ。だって、あたしには、30人もの未来のある子どもたちがいるんだもの。」

「魔女《まじょ》さん、しっかりたのみましたよ。」

というと、長ぐつをはいたねこはトイレにかけこみました。

　トイレで、ニャーニャーという泣《な》き声がひびきました。過去《かこ》にあった悲しい体験《たいけん》を思いだしたのかもしれません。

　お日さまがお空のてっぺんにのぼった時、ぽつりと、しずくがひとつ、ツバメの背中《せなか》に落ちました。ツバメは、上を向くと、王子さまに、

「なぜ、泣いてるの？」

と、たずねました。

「あんまりせつないものだから。」

と、王子さまはためいきをつきました。

「あの家に、青年がひとり泣《な》いている。画家になりたいのに、いくら描《えが》いても、よい作品が生まれない。自分には才能《さいのう》がないのではないかと、自信を失《うしな》ってしまっている。かわいいツバメよ。青年のもとへ、だれかを送りこみ、生きる希望《きぼう》を与《あた》えておくれ。」

と、王子はツバメにたのみました。

　ツバメが飛んできて、エッちゃんの家のチャイムをつつきました。三度目のおつかいです。

「画家になりたいのに、よい作品がかけず、自信を失《うしな》ってる青年がいます。だれか、行って元気づけられる人はいますか？」

「自信をなくしている青年か。」

「うーん。」

みんなが考えこんだ瞬間《しゅんかん》、青い鳥が羽をバタバタさせました。

「お兄ちゃん、青い鳥が、何かさけんでる。これは、やってみたいという合図《あいず》にちがいないわ。」

「そうだな。やってみようか。この青い鳥が、何か力になれるかもしれない。それに、このぼうしもある。」

「お兄ちゃん、わたし、どきどきする。こんなの久しぶり。」

「ぼくもだよ。」

チルチルとミチルは、やる気十分です。

「ここは、チルチルとミチルにまかせてみてはどうじゃろう?」

長ぐつをはいたねこが、いいました。

　エッちゃんはほうきをだすと、チルチルとミチルを乗せて、空に浮《う》かび上がりました。もちろん、青い鳥を抱《かか》えています。ジンも、

「ぼくも何かの役にたつかもしれません。」

といって、飛び乗りました。ツバメの案内《あんない》で、青年の家までひとっとび。

　チルチルとミチルが、青年の家のドアチャイムをならしました。

「ぼくたちの青い鳥を知りませんか?」

「青い鳥? そんなのいるわけがない。おれは、自分が生きるだけでいっぱいなんだ。」

青年は、つかれはてた顔で戸をしめようとしました。ほおはげっそりとこけ、ほおぼねが浮きでていました。

「いえ、さっき、この家の窓《まど》に入ったところを見たのです。部屋《へや》をさがさせてください。」

「勝手《かって》なことをいうなよ。いないといってるだろう。いくら子どもとはいえ、勝手《かって》に部屋《へや》に入ったら、不法侵入《ふほうしんにゅう》だ。警察《けいさつ》に通報《つうほう》するからな。」

「でも、ぼくは、たしかに見たのです。」

「もしいたら、警察《けいさつ》は呼ばないでね。」

ミチルが勇気《ゆうき》をふりしぼっていうと、汗《あせ》がふきだしました。

「君たちは、どうかしているよ。そんなにいうなら勝手《かって》にしたらいいさ。でも、どうせいないよ。さあ、どうぞ！」

青年はあきらめて、二人《ふたり》を中に入れました。

　台所には、かたくなったパンが一切《ひときれ》と、かびのはえたジャムが、ひとびんころがっていました。今日《きょう》食べるお米もなく、台所はすっかりかわききっていました。

「ほら、青い鳥なんていないだろう？」

とつぶやいた瞬間《しゅんかん》、青年の目に青い鳥がうつりました。

「そんなばかな！　おれは目までおかしくなってしまったのか？」

青年はこんらんしてきました。

「ほら、やっぱりいた！」

チルチルが指をさすと、指の先に青い鳥がいて、白いキャンバスの上をチョコチョコ歩いていました。

「おい、そこの鳥！　勝手《かって》に入りこむなんて失礼《しつれい》だぞ。逮捕《たいほ》してやる。」

というと、風鈴《ふうりん》がチリンとなりました。

　青年の部屋《へや》には、扇風機《せんぷうき》も冷房《れいぼう》もありません。35度を上回《うわまわ》る暑《あつ》さをしのぐためには、窓《まど》をあけて風を待つしか方法はありませんでした。青い鳥は、青年が二人《ふたり》と話している時、窓《まど》から入りこんだのです。みごと、作戦は成功《せいこう》でした。

「どうやら、あなたのことが好きみたい。でなきゃ、ここまでこない。」

「やめてくれ。おれは、子どもと鳥が大きらいなんだ。とっとと鳥を持って、ここからでて行ってくれ。」

青年がいうと、青い鳥はその青年の肩《かた》にとまりました。

「やめろってば。今、おれにはこんなことをして遊んでいるひまがないんだ。絵をかいて売らなくちゃならない。」

「チュッ、チュッ。」

青い鳥は、うなずきました。

「今日《きょう》食べる米もないんだ。ああ、しかし、米があったとしても、ガスと電気は先月とめられてしまったっけ。このままじゃ、水道だっていつとめられるか…。それどころか、この部屋《へや》からも、追いだされてしまうかもしれない。」

「チュッチュッ。」

青い鳥は、またうなずきました。

「そうなったら、終わり！　だから、じゃましないでくれ。」

青年がふりはらおうとすると、青い鳥は一瞬《いっしゅん》、悲しそうな目をしました。その時、青年は、

（おれと同じ目をしている。）

と、思いました。

　青い鳥がパタパタ飛んで、青年の手のひらに止まろうとした時、今度は、ふりはらおうとはしませんでした。青年が手のひらを差《さ》しだすと、青い鳥はうれしそうに止まりました。そして、しずかにいいました。

「わたしの名前はピッピ。あなたに幸せを運ぶ青い鳥。」

「おまえ、しゃべれるのか？」

「ええ、もちろん。人間《にんげん》たちは、わたしたちが、しゃべれないと思っているけれど、それは大い

なるかんちがい。しゃべれないのではなく、わたしたちに心を開かないから通じないだけよ。ほら、こうして、わたしとあなたは会話してる。あなたが、わたしに心を開いたからよ。」

というと、青い鳥は羽を大きく開きウインクしました。青年はどきっとして、

「ピッピ！」

と、思わず名前をさけびました。

「何でもなやみを聞くわ。わたし、あなたを幸《しあわ》せにするためにやってきたの。」

「ピッピッ。」

青年はうれしくなって、もう一度、名前を呼《よ》びました。青い鳥は目をぱちくりさせて、

「なあに？」

と、耳をかたむけました。青年は、そのしぐさを、

（かわいいな。）

と思い、ひとりで赤くなりました。

（へんだな。相手《あいて》は鳥だぞ。）

青年は、心に、とつぜん浮《う》かび上がった感情《かんじょう》を打ちけそうとしました。その時、

「ぼんやりしないで。今は、一時《いっとき》をあらそっているんでしょう？　あなたのなやみ、早く教えてちょうだい！」

青い鳥は、くちばしをとんがらせていいました。青年は、ふと我に返ると、

「そうだった。おれのなやみを聞いてくれ。」

というと、大きいためいきをつき、また続《つづ》けました。

「長い間、絵が描《か》けないんだ。ピカソやゴッホ、ゴーギャンみたいな、有名な画家をめざしてい

るのに、ちっとも描《か》けないんだよ。おれには、きっと、才能《さいのう》がないんだろうな。描《か》けなくなってから、もう七年もたつ。」

というと、青年は頭をかきむしりました。青い鳥はパタパタ飛んで、白いキャンバスの上にとまりました。

「あなたの表現《ひょうげん》したいテーマは、なあに？」

「テーマ？」

青年は、一瞬《いっしゅん》考えこみました。

「ほら、そこよ。あなたに欠《か》けているものは、テーマ性だわ。」

「テーマなんてなくたって、うまい絵が描《か》ければいい。うまければ売れるだろう。売れたら、お金が入る。」

青年には、納得《なっとく》がいきません。

「いえ、その考え方はミステイクよ。」

「ミステイク？」

青年がたずねました。

「ええ、まちがっている。そもそもうまい絵って何よ？　必要《ひつよう》なのは、小手先《こてさき》の技術だけでしょう。作者の思いがなくても描《か》けることになる。ただうまいだけの絵なんて、芸術作品じゃない。あなた、そんな絵をめざしているの？」

「うーん。」

青年は、とつぜん、考えこみました。

「たましいの入ってない絵が、人の心にひびくと思う？　わたしが思うに、ただうまいだけの絵なんて、ほんものじゃない。すぐに、あきてすてられるだけよ。」

「…。」

「すばらしい芸術作品には、作者の熱き想《おも》いがある。テーマがある。それが、うまい下手《へた》をこえて、人の心に感動となって広がっていくのだと思う。ところが、あなたには、テーマがないから描《か》けない。」

「うーん。」

青年は、また、考えこみました。

「だから、何を描《か》いても中途半端《ちゅうとはんぱ》になってしまうんだわ。絵は心を訴《うった》えるもの。熱き想《おも》いがなかったら、何も伝わらない。いい絵なんて描《か》けるわけがない。原因《げんいん》はそこにある。」

青い鳥は、顔ににあわず、きびしい口調《くちょう》でいいました。青年は、うすうす感じていた不安《ふあん》をいい当てられ、どきっとしました。

「すごい！　君は絵のことを勉強したのかい？」

青年は、鳥を、『君』と呼《よ》びました。

　初めは、『おまえ』だったのに、尊敬《そんけい》と好意がいりまじり、とつぜん変《か》わっていました。

「そんなことは、常識《じょうしき》よ。勉強なんかしなくたってわかる。ところで、どうするの？　あなたのテーマ。きまってないなら、さっさときめたらいい。」

「…。」

「ごめん！　ほら、わたしったらせっかちだから。はっきりしないのが苦手《にがて》なの。」

青い鳥は、どうしても、青年にテーマをいわせたいようでした。そのいきおいにおされ、青年は、とつぜん、頭に浮《う》かび上がった言葉を口にしました。

「うーん、おれのテーマは…、そうだ！　幸《しあわ》せさ。」

それは、青年が、今、いちばんほしいものでもありました。

「すてき！　幸《しあわ》せかあ。自分も周《まわ》りの人も、そして、世界中が幸《しあわ》せになれたら、どんなにすてきかしら。」

青い鳥は大いにかんげきして、ほおをバラ色にそめました。これ以上《いじょう》、赤くなったら赤い鳥になりそうないきおいです。青年は、

（青い鳥が、こんなに喜んでくれるなんて、幸《しあわ》せといってよかったなあ。）

と、心から満足しました。

　青い鳥はこうふんがおさまると、しみじみとしていいました。

「じつは、全ての人間《にんげん》の心の中に、幸《しあわ》せの青い鳥がいるの。ひとりに一羽、必《かなら》ずよ。なぜかっていうと、それは、みな幸《しあわ》せになるためにこの世に生まれてきたからなの。」

「おれは、不幸だよ。ちっとも幸《しあわ》せではない。おれの心の中にも、幸せの青い鳥はいるっていうのかい？」

青年は、口をとんがらせてたずねました。

「もちろん、いるわ。でも、正確《せいかく》にいうと、『以前《いぜん》はいた』ということになる。ああ、でも、その言葉、どんなに待っていたことか。」

「どういう意味だい？」

青年は、ちんぷんかんぷんの顔でいいました。青い鳥が何をいっているのか、ちっともわかりません。

「おどろかないで聞いてね。あなたが、わたしのご主人さま。つまり、わたしが、あなたの青い鳥っ

てわけ。」

「えっ、ばかなことをいうなよ。君は、たった今、外から入ってきたんだよ。」

青年は、目をぱちくりさせていいました。

「わたしは、長い間、迷子《まいご》になっていたの。いつだったか、あなたが、わたしをにがしてしまったから…。わたしは、行き場がなくなり、長い間、住むところがなかった。追いだされてしまって、どんなにつらかったか。でも、このつらさ、人間《にんげん》のあなたには、わからないでしょうね。」

「追いだされたって？　おれは、君を追いだした覚《おぼ》えはない。」

青年は、きっぱりといいました。

「そうかもしれない。でも、結果的《けっか》には、同じことよ。わたしたち幸《しあわ》せの青い鳥は、努力《どりょく》をしない人の心に、住めないの。」

「どうしてだい？」

「だって、努力《どりょく》しない人の心には、空気も水も、お日さまだってないのよ。まっくらやみで、息もできない。のどがかわいても水さえ飲めない。そんなところに、住めると思う？　生きていられないから、家出をしたってわけ。」

「ごめん。ちっとも知らなかったよ。君がいるってわかっていたら、もう少し努力《どりょく》していただろう。」

「どうかしら…？」

青い鳥は、きょとんとしていいました。七年間も裏切《うらぎ》られたご主人さまを、信じることはむずかしいようでした。

「うたがうのかい？　まあいいさ。責任《せきにん》はおれにある。」

青年があやまちを認《みと》めると、青い鳥は、

「ああ、すっきりした。」

といって、あっちこっちを飛び回りました。

「君はおれの心だったのか。どうりで、スムーズに話せるわけだ。はじめまして、ピッピ。」

青年があらためてあいさつをすると、ピッピはウインクしました。

「こちらこそ。」

しばらくして、青年がたずねました。

「ところで、もう一度、君がおれの心に住むためには、どうすればいい？」

「このままで、いいんじゃないの？」

青い鳥は、わざと、意地悪《いじわる》くたずねました。

「おれは、どうしても、君にもどってきてほしいんだ。」

青年の本音《ほんね》でした。青い鳥は、どんなにうれしかったでしょう。でも、うれしさをかくし、わざと冷静《れいせい》にいいました。

「そんなの、かんたんよ。さっきもいったけれど、あなたが努力《どりょく》すること。努力《どりょく》すれば、しぜんと、住める環境《かんきょう》も整《ととの》ってくるわ。具体的《ぐたいてき》にいうと、あなたがいい絵を描《か》けばいい。ただ、それだけよ。」

「口でいうのはかんたんだけど、行《おこな》うのはむずかしいものさ。いい絵とひとことでいっても、いろいろある。だけど、さっき、君は、テーマを持って描《か》くことの大切《たいせつ》さを、アドバイスしてくれた。」

「つまり、あなたのテーマである幸せを絵に表現《ひょうげん》すればいい。実際《じっさい》に描《か》くだけでなく、どう表現《ひょうげん》しようかと考えることも、あなたの心に空気と水とお日さまを生みだすことにつながっていく。その三つがあれば、わたしは、もう一度、あなたの心に住むことができる。」

ました。

「幸《しあわ》せの表現《ひょうげん》か…。」

青年がつぶやきました。

「わたしが住みつけば、あなたの仕事はきっととんとんびょうしよ。必《かなら》ず、うまくいくわ。だって、わたしは、幸《しあわ》せの青い鳥。ご主人さまを幸せにするために、生まれてきたのだもの。」

青い鳥の羽が、一瞬《いっしゅん》、金色にかがやきました。青年が目を細めていると、青い鳥は続《つづ》けていいました。

「「ひとつ、忘《わす》れていたわ。あなたには、すばらしい才能《さいのう》があるの。他のだれもが持ってない才能《さいのう》よ。だから、自分を信じて！　決して、人まねなんかしないでね。」

「おれに、才能《さいのう》？」

青年は、ふしぎな顔をしました。

「ええ、そうよ。ひみつだったけれど、教えるわ。あなたの心のど真ん中には、巨大な才能《さいのう》が住みついているの。でも、昔《むかし》も今も、その才能《さいのう》は、大いびきをかいて熟睡《じゅくすい》している。」

「その才能《さいのう》を、今すぐにおこしてくれよ！」

青年が、あわてていいました。

「おこすのはあなた自身よ。残念《ざんねん》だけれど、わたしには、できない。あなたが、こつこつと努力《どりょく》すれば、才能《さいのう》はきっと目覚《めざ》める。」

青い鳥はしずかにいいました。

その晩《ばん》、青年は青い鳥を描《えが》きました。それは、自分の心です。心の底《そこ》へと井戸をほっていくと、暗《くら》いトンネルをぬけて、水がゆらゆらとゆれて見えました。もっと内側へすすんでいくと、チョロチョロと水がわきだしてきました。自分の心をさぐりあてた瞬間《しゅんかん》でした。

「あった！」

青年は、心がしめつけられて、目からも水を流しました。この水脈《すいみゃく》は自分が自分として生きていくための聖水《せいすい》でした。

水をさぐりあてた瞬間《しゅんかん》、心には清らかな空気が広がり、お日さまも上りました。そこに、青い鳥はいました。

「ああ、よかった。こんな日が来るなんて…。」

青い鳥は、うれしそうにいいました。

「あなたがちっともさがしにこないので、もう二度と、あなたの心にはもどれないと、あきらめていたの。でも、7年ぶりに、もどってこれてよかった。こんな日が来るなんて、まるで夢のようだわ。」

「長い間、ごめんよ。」

「いいの。そんなことより、あなたが、テーマを持ってすばらしい絵を描《か》いたから、わたしは心にもどることができた。そのことの方が何倍《ばい》もうれしいわ。」

青い鳥と青年は、心で話しました。

青年の目の前には、青い鳥の絵が完成していました。それは、ギリシアの海よりも神秘《しんぴ》的で、燃《も》える炎《ほのお》よりも熱く、銀河系よりも広い絵でした。絵を見ていると、

（人間《にんげん》は孤独《こどく》な生き物だけれど、決してひとりじゃない。みんなどこかでつながっている。ひとつのたましいで、心の手をにぎり合っている。）

と、思えてきました。全ての人たちが愛《いと》しく思え、幸《しあわ》せな気持ちにみちあふれました。

青年は、絵を完成させると、横になりました。久しぶりに集中したので、疲《つか》れたのでしょう。

少したつと、ねいきが聞こえました。

チルチルが、ふと、青年の絵の具入れをのぞくと、チューブはペコッとへこみ、どの色もからになっています。かたくなって使えないものもありました。チルチルが、

「さあ、絵の具よ。生まれたてになってでてこい！」

といって、ぼうしのダイヤを左に回すと、ダイヤが七色にかがやきました。

すると、どうでしょう。七色の光をあびた絵の具のチューブに、次々とあたらしい絵の具が入りました。油絵の具は、絵を描《か》く青年にとって、必需品《ひつじゅ》でした。しかし、絵の具は高価《こうか》なので、びんぼうな青年には買うことができません。これを見たら、どんなに喜ぶことでしょう。

全てがうまくいきました。しかし、みなさんの中には、

「たいへん！　チルチルミチルの青い鳥が、青年の心に入っちゃった。」

と、あわてふためいたり、あるいは、

「チルチルミチルの青い鳥は、青年の心にすんでいた迷子《まいご》の鳥だったのかしら。」

と、疑問《ぎもん》に思ったりした人がいるかもしれません。

でも、心配はいりません。どちらもちがう。じつは、こんなわけがあったのです。

青年の青い鳥は、７年間、あちこちをとびながら、時々、青年の家の周《まわ》りをうろつきながら、中の様子《ようす》をうかがっていました。チルチルミチルの青い鳥が、まさに青年の家に入ろうとした瞬間《しゅんかん》、軒下《のきした》で羽を休めている青い鳥を見つけたのです。なんという、ぐうぜんだったでしょう。

チルチルミチルの青い鳥は、とつぜん、青い鳥に向《む》かって、

「今すぐ、ご主人さまの部屋《へや》の中に入って！」

と、すごいけんまくでいいました。

青い鳥は、びっくりしましたが、同じ仲間《なかま》のいう言葉なので、すぐに、したがいました。仲《なか》間《ま》というものは、強い連帯感で結ばれています。人間《にんげん》が、とつぜんやってきて、同じ言葉をいっても、青い鳥は、行動をおこさなかったでしょう。青い鳥は、何もわからないまま、とにかく、部屋《へや》の中に入り、青年と対話したというわけです。

というわけで、青年の部屋《へや》でくりひろげられたやりとりは、チルチルミチルの青い鳥ではなく、全て、青年の心から逃《に》げだした青い鳥とで行われたのでした。これで、みなさんの疑問《ぎもん》は解《と》けたでしょうか。

青年は、『幸《しあわ》せ』をテーマに夢中《むちゅう》で絵を描《か》きました。青年の心にねむっていた才能《さいのう》が目をさますと、絵は息を吹《ふ》き返し、命《いのち》を持ってかがやき始めました。パレットの上で固まっていた油絵の絵の具たちも、久しぶりに目をさまし、活動を始めました。専用の油で溶《と》かれた絵の具たちは、キャンバスの上ではねておどりました。混色《こんしょく》により、すばらしい色が次々と生まれ、幸せが、さまざまに表現《ひょうげん》されていきました。青年は、心から幸《しあわ》せだなあと思いました。

さて、ここは、エッちゃんの家です。チルチルはもどってくるなり、頭をペコリと下げました。

「ごめんなさい。ぼくたちは、何もできなかった。だけど、青年は、幸せをテーマにいい絵を描《か》くようになった。」

「ええ、青い鳥の絵、ほんとうにきらきらしてた。」

ミチルは、息をはずませていいました。

「何もできないどころか、君たちには感謝《かんしゃ》しておるよ。だって、迷子《まいご》になっていた青い鳥を、青年の心にもどしたのじゃからなあ。ほんとうによかった。今回のことは、君たちでなかったら、解決《かいけつ》できなかった。この青い鳥が話しかけてくれたから、青年の青い鳥も安心して行動をおこしたんじゃ。あの青年は、これから、ますます、力のある画家になるじゃろう。青い鳥さん、ありがとう。」

長ぐつをはいたねこは、うれしさのあまり、青い鳥の頭をなでようと手をだしました。その瞬間《しゅんかん》、青い鳥は、びっくりして身をちぢめました。食べられるとかんちがいしたのです。

「三度目の冒険《ぼうけん》も、成功《せいこう》ね。」

エッちゃんが、しみじみといいました。

「ええ、青年が、自分のテーマに向かい、絵を描《か》き続《つづ》けている。うまい下手《へた》という技術をこえ心で描《えが》いているので、感動を与《あた》える作品を生みだすにちがいない。たとえ、これから、スランプがきてもだいじょうぶ。自分でのりこえていくだろう。」

ガリバーがいいました。

「心には、幸《しあわ》せの青い鳥がいるからね。ところで、ぼくの心にもいるのかなあ?」

ジンが首をかしげると、チルチルミチルが、

「もちろんですとも!」

と、力をこめていいました。

空が藍色《あい》に変《か》わり、星がかがやきだしたころ、イチョウの木の上で、この様子《ようす》を見ていた王子さまは、

「チルチルミチル、ありがとう!」

といって、しずかにほほえみました。

その時、流れ星がひとつ、王子さまの手のひらに落ちました。流れ星が手のひらにのると、クッキーになりました。クッキーの真ん中には、王子さまの似顔絵《にがおえ》がありました。これは、『レスト

ランプ座《ざ》』からの、プレゼントでした。久しぶりに、地球《ちきゅう》に王子さまを発見し、うれしくなったのです。

王子さまは、一口かじると、天にものぼる気持ちになりました。

「ごちそうさま。」

というと、空の星がキラキラとかがやきました。

半年ほどたった時、町はずれに住むおじいさんが、病気のおばあさんのために、青い鳥の絵を買っていきました。おじいさんは、その絵を見た瞬間《しゅんかん》、一目で気にいってしまったのです。家に持ち帰り、さっそくおばあさんに見せると、おばあさんはにこっとして、少したつと、目尻《めじり》に水がたまりました。

数日たつと、きせきがおこりました。もう治《なお》らないといわれていたおばあさんが、とつぜん元気になったのです。何年もねたきりだったのに、つえをついて散歩《さんぽ》ができるほどに回復しました。

そのうわさを聞いた、町の人々は、青い鳥の絵を次々と買いに来るようになりました。その絵は、『幸《しあわ》せを運ぶ青い鳥』と呼ばれ、みんなに愛《あい》されました。

今では、三年先まで予約でいっぱいです。青年は、ガスや電気をとめられることもなく、部《へ》屋《や》を追いだされることもなく、安心して絵を描《えが》きつづけました。

やっぱり、今も自信はないけれど、心をこめて一ふで一ふで描《えが》きました。たましいをこめることで、人々の心にひびく絵を描《か》くことに成功《せいこう》したのです。うれしいことに、とびきりキュートな彼女もできました。青年は、もう、さびしくなくなりました。

9　ドロシーの冒険《ぼうけん》

お日さまがのぼり始めると、あたりはトマト色に変《か》わっていきました。

「魔女《まじょ》さん、お日さまって、まるでマジシャンみたい。お空の色を自由自在に変《か》えていくんです
もの。」

ドロシーは、カーテンをあけると、窓《まど》の外を見ながら感心していいました。他のみんなは、まだ、ぐっすりとねむっています。

「早おきね。ドロシーは、いつもこんなに早いの?」

エッちゃんは、エプロンをつけながらいいました。

「いいえ、いつもはもっとおそいわ。人間界《にんげんかい》に来ているって思ったら、どきどきしてねむれなかったの。」

「そっか。」

「だって、どんな冒険《ぼうけん》が待っているのかって思うと、ねてなんていられない。この気持ち、魔女《まじょ》さんにもわかるでしょ。」

「もちろん!」

エッちゃんは、大きくうなずきました。

「何か、お手伝いしましょうか?」

「ありがとう。強力な助《すけ》っ人《と》がいてうれしいわ。」

「でも、期待《きたい》しないでね。あたし、自慢《じまん》じゃないけれど、料理は下手《へた》なの。」

ドロシーは、はずかしそうにうつむきました。

「あははっ、そんなこといったら、あたしはどうなるの? だいじょうぶ。食べられたらいいの。」

エッちゃんが笑《わら》うと、ドロシーも笑《わら》いました。二人《ふたり》で笑《わら》っていると、炊飯器《すいはんき》から白い蒸気《じょうき》がいきおいよくのぼり、ごはんがたきあがりました。エッちゃんが、

「ドロシー、聞いておどろくなかれ。今朝《けさ》のメニューは、おむすびコロリンよ。こつはなし。ただ、ただ、どんどん、にぎってね。」

というと、ドロシーは、ほっとした顔でたずねました。

「形はどうするの?」

「まん丸でも俵《たわら》でも三角でも四角でもいいからね。好きな形ににぎって。あっ、それから、大き

さも、まちまちでいい。そろえる必要《ひつよう》はないわ。だって、身体《からだ》の大きさもちがえば、食欲《しょくよく》だってぜんぜんちがう。好きなのを選んで食べてもらいましょう。」

「りょうかい！　楽しくなってきたわ。ところで、中にいれる種は？」

ドロシーが、手をあらいながらたずねました。

「そうだ！　あたしったら、うっかりして、中に入れる種を忘《わす》れてた。ウメボシにタラコに、それから、えっと…、サーモンの三種類でいいかな？　タラコとサーモンは、これから焼《や》くわね。」

というと、エッちゃんは、大きなフライパンにタラコを並べ、魚焼《や》きの網の上にサーモンの切り身を乗せました。

　少しすると、タラコのたまごがポンポンとはねあがり、サケのこうばしいかおりが部屋《へや》いっぱいに広がりました。

「ああ、いい香《かお》りがする。」

イワンがにおいにつられて目をさますと、他のみんなも、次々におきてきました。おにぎりモーニングの始まりです。

　三日目の朝、ぽつりと、しずくがひとつ、ツバメの背中《せなか》に落ちました。ツバメは、上を向くと、王子さまに、

「なぜ、泣いてるの？」

と、たずねました。

「あんまりつらいものだから。」

と、王子さまはためいきをつきました。

「山のふもとに、少女がひとり泣《な》いている。ブスといわれ、学校にいけなくなった。ほんとうは、

勉強をしたり、友だちをつくったりしたいのに、みんなからきらわれているという理由《りゆう》で、登校拒否《きょひ》になってしまった。かわいいツバメよ。少女のもとへ、だれかを送りこみ、生きる希望《きぼう》を与《あた》えておくれ。」

と、王子はツバメにたのみました。

ツバメがとんできて、エッちゃんの家のチャイムをつつきました。四度目のおつかいです。

「学校へ行きたいのに、いじめられて学校へ行けない少女がいます。だれか、行って元気づけられる人はいますか?」

「いじめられている少女か。学校へ行けないなんて、かわいそうだなあ。この刀《かたな》で、やっつけてやる。」

ピーターがさやから刀《かたな》を抜《ぬ》いてふり回すと、ドロシーが心配そうな顔で、

「相手《あいて》は海賊《かいぞく》のフック船長《せんちょう》じゃないのよ。そんな乱暴《らんぼう》をはたらいたら、あなたがつかまってしまう。」

と、いいました。

「そうか。現代は戦い方がむずかしいんだなあ。刀《かたな》がだめなら、パンチはどう? ぼくのパンチは相手《あいて》の急所に一発! かなり効《き》くよ。ところで、いじめって何だい?」

「おいおい、そんなことも知らないで、相手《あいて》をたおそうなんて、君は無謀《むぼう》だなあ。いじめっていうのは、意味もなく、ただ弱いものをいためつけることです。」

ガリバーは、いろんなことをじつによく知っていました。もしかしたら、夜の図書館で、たくさんの本を読んでいたのかもしれません。

「意味もないのに?」

「ええ、ただ弱いというだけで、いためつけられます。時として、それが、言葉であったり、暴力《ぼうりょく》であったりします。」

「ぼくには、よくわからないなあ。強いものと、正々堂々《せいせいどうどう》と戦えばいいのに…。」

ピーターには、理解《りかい》できないことでした。

「悲しいですが、それが、人間《にんげん》の心理《しんり》ともいえるでしょう。人間《にんげん》が心を持つ生き物である以上《いじょう》、さけることができない問題《もんだい》なのです。」

ガリバーが答《こた》えると、エッちゃんが、

「そうなの。じつは、この人間界《にんげんかい》ではいじめが絶《た》えない。減《へ》るどころか、年々、エスカレートしていくばかりよ。それとともに、学校へ行けない子どもたちも急増《きゅうぞう》し、今や、社会現象《げんしょう》のひとつになってしまっている。うちの学校でも、休んでいる子どもたちが何人かいるわ。このままでは、地球《ちきゅう》の将来《しょうらい》があぶない。なんとかしなければならない。」

エッちゃんが、自分の学校の様子《ようす》を話しました。

「さっき、ガリバーが、いじめは、心を持つ人間《にんげん》だからしかたがないといいました。わたしは、その言葉にどきっとしました。なぜなら、わたしには、心というものがないからです。たぶん、いじめの心理《しんり》はわからないでしょう。しかし、反対に何か発見があるかもしれません。この冒《ぼう》険《けん》を、どうか、わたしにやらせてもらえないでしょうか？」

心のないブリキのきこりが、おにぎりに入っていたうめぼしをかむと、すっぱい顔をしていいました。

「あんたが行くなら、おれも行くよ。だが、おれときたら、大のおくびょうものだから、何もできないだろうな。」

勇気《ゆうき》のないライオンがいいました。

「わしも行くよ。だが、なにしろ、わしはとんだばかだから、助けてはあげられないだろうな。」

のうみそのないかかしがいいました。

「三人が行くなら、あたしも行くわ。だって、あたしたちは、四人でひとつ。助けあって苦難《くなん》を乗り越《こ》えてきたんですもの。」

ドロシーがいうと、三人は満足そうにうなずきました。

「ここは、ドロシーたちにまかせてみてはどうじゃろう?」

長ぐつをはいたねこが、いいました。

「ありがとう! あたしたち、いじめ退治《たいじ》に行ってくる。」

ドロシーが、元気よくいいました。

　ブリキのきこりは、緑の砥石《といし》でおのをみがき、体のつぎめの節々《ふしぶし》に油をたっぷりさしました。かかしは、新しいわらを身体《からだ》につめこみ、目がよく見えるように目のペンキをぬりなおしました。

　エッちゃんはほうきをだすと、ドロシーときこりとライオンとかかしを乗せて、空に浮《う》かび上がりました。ライオンは、おとといのこわさが忘《わす》れられません。目をぎゅっととじ、ほうきにつかまっています。ジンは、

「いじめは、ぜったいに許《ゆる》さない。」

といって、飛び乗りました。ツバメの案内《あんない》で、少女の家めざしてひとっとび。やがて、少女の家に着きました。

　ドロシーが家の前に立つと、少女のお母さんが畑のスイカに水やりをしていました。緑色したボールが、あちこちに見えかくれしていました。

「こんにちは。」

「どちらさまですか？」

「ドロシーといいます。娘《むすめ》さんに会いにきました。」

「娘《むすめ》にお客さまなんて、何ヶ月ぶりかしら。でも、いったい何の用事ですか？」

お母さんは、水やりの手を止めると、ふしぎそうな顔でいいました。

「用事はありません。ただ、少しお話がしたいのです。」

「あなたは、絵里《えり》の中学の同級生かしら？　ごめんなさいね。絵里《えり》ったら、何も話さないから…。」

というと、お母さんはむぎわらぼうしをとり、タオルで額《ひたい》の汗《あせ》をぬぐいました。

「いいえ、同級生ではありません。娘《むすめ》さんは絵里《えり》さんというのですね。あたしと同じ年ごろなので、ただ何となく話したくなったのです。絵里《えり》さんに会ってはだめですか？」

「いいえ、そんなことはないのよ。ただ、あんまり、めずらしいことだから、びっくりしただけ。絵里《えり》は、どんなに喜ぶでしょう。さあ、入って！　わたしも暑《あつ》くって、ちょうど冷《つめ》たいものでもほしかったところよ。」

というと、ドロシーを家に案内《あんない》しました。

「あいぼうが三人いるの。いっしょにいいですか？」

ドロシーはおそるおそるたずねました。

　始めから、四人だと、けいかいされると思ったのです。しかも、ブリキのきこりにかかしにライオンとくれば、その場でさよならバイバイが当然でしょう。

「もちろんよ。」

お母さんは笑顔《えがお》でいいました。

（ヤッター！）

ドロシーの計画は、まず、成功《せいこう》でした。

ドロシーの後を、ブリキのきこりとかかしとライオンがついて来ると、お母さんは目を疑《うたが》いました。

「いったい何がおこっているの？」

こわさでぶるぶるふるえました。さっきまでの暑《あつ》さはどこかへふきとび、反対に、背筋《せすじ》がこおるほどの寒さがおそってきました。でも、オーケーした以上《いじょう》は、ここでダメとはいえません。というより、あまりのこわさで、声はでませんでした。

「ごめんなさい。おどろかせちゃったみたい。あたしのあいぼうなの。こわくないから安心してください。」

ドロシーが頭をちょこんと下げると、絵里《えり》ちゃんが、さけびました。

「こ、これは、かの有名な『オズの魔法使《まほう》い』じゃないの。あなたたちは、その劇《げき》に登場する役者さんね。それにしても、よく化《ば》けたわねぇ。ドロシーに、ブリキのきこりに、かかしに、ライオン。すごい、物語とそっくり。それにしても、よく似《に》てるわあ。」

「そりゃあそうだ。わしらは、本から飛びだしてきたんだもの。」

きこりが、まじめくさっていいました。

「えっ、ほんとう？」

さあ、たいへん！　ほんとうのことがばれたら、一生《いっしょう》、物語の中へ帰れなくなってしまいます。

「わたし、この本が大好きで、小さいころ、何度も読んだ。まさか、ほんものに、会えるなんて、夢《ゆめ》のようだわ。ところで、あなたたち、アメリカのカンザスからやってきたの？」

と、目をまん丸にしていいました。

「絵里《えり》ちゃん、ごめん。さっき、かかしがいったこと、真っ赤なうそよ。かかしは冗談《じょうだん》が好きで、よく、へんてこりんなうそをついて笑《わら》わせるの。」

ドロシーがあわててごまかすと、かかしはようやく気がついて、

「失礼《しつれい》しました。」

と、でっかい声をはりあげました。

「あーあ、信じてそんしちゃったよ。やっぱりそうか。物語から出られるなんて、そんな夢のような話はないよね。」

絵里《えり》ちゃんは、がっくりと肩《かた》を落としていいました。でも、反対に、ドロシーは、どんなにほっとしたでしょう。

「でも、どうしてきてくれたの？」

「絵里《えり》ちゃんに会いたかったからよ。ねぇ、みんな。」

「ほんとう？　うれしい！　こんなこと初めてだわ。」

というと、絵里《えり》ちゃんは、コップのソーダ水をごくごくのみほしました。あまりのうれしさで、パチパチとはじけたい気分です。からのコップをおくと、絵里《えり》ちゃんは、

「でも、どうしてわたしのことがわかったの？　わたしのことなんて知らないはずでしょう？」

と、首をかしげました。

「あたしたち、心配になったの。山のふもとの学校を訪問《ほうもん》した時、ひとりの女の子が、学校を休んでるって聞いたから。」

「そうだったの。でも、きてくれてありがとう。こんなの久しぶりよ。」

「絵里《えり》ちゃんが休んで、友だちが心配してるんじゃないかなあ。」

「友だち？　わたしには友だちなんていないもの。だれも心配なんてしていないわ。その証拠《しょうこ》に、だれひとりこない。」

絵里《えり》ちゃんの目に、光るものが浮《う》かびました。

「ちょっと、聞いていいかな？　いやだったら答《こた》えなくていいのよ。どうして、学校へ行かないの。」

「行かないのではなくって、行けなくなったの。だって、それまで、わたしは学校が大好きだったもの。中二の四月のことだった。クラスがえがあってすぐ、『ブス』とか『デブ』っていわれたの。初めは男子の数人だったんだけれど、だんだん増《ふ》えていった。一学期の終わりころには、女子までがいうようになった。でも、わたしには親友がいたから、がまんできた。落ちこんでいるわたしを、いつも知香《ちか》がはげましてくれた。でも、二学期が始まると、知香《ちか》が、『ごめん』といって、はなれてしまったの。わたしといると、自分もきらわれてしまうから、きっとたえられなかったのね。つらかったと思うわ。結局《けっきょく》、最後《さいご》には、わたしはひとりぼっちになってしまったの。」

「そう。」

ドロシーがうなずくと、絵里《えり》ちゃんは安心したのか、また続《つづ》けました。

「授業中《じゅぎょう》はいいのよ。机《つくえ》にすわって、ただ話を聞いていればいいんだから。でも、休み時間になると、だれもわたしをさそってくれない。こちらから勇気《ゆうき》をだして声をかけても、『ブスとはつきあえない』なんていって、さけられるでしょ。その上、掃除《そうじ》をひとりでやらされたり、菌《きん》あつかいして、みんなの笑《わら》いものにされたり、もううんざり。学校へ行っても楽しいことなんて、ひとつもなくなってしまったの。全く行けなくなったのは、二月の初めころだったかなあ。」

「つらかったわね。」

ドロシーが、気持ちをさっするようにいいました。

「ええ、でも、鏡《かがみ》を見ると、わたしの顔っておばけみたいでしょ。自分でも、ちっともかわいいなんて思えない。それに、こんなに太《ふと》っているし、いっしょにいたら、さぞ気分も悪くなるでしょうね。みんなのいってることも、まんざらうそでもないって、思えてきたの。でも、初めは、納得《なっとく》できなかった。みんなをうらんだわ。どうして、顔がみにくいってだけで、いじめられなくっちゃならないのかって…。でも、時間がたつうちに、これは、しかたがないことではないかと思えてきたの。あーあ、わたし、もっとかわいく生まれたらよかったのに…。」

絵里《えり》ちゃんは、くやしそうにくちびるをかみました。お母さんは、ただ何もいわず、その場にたちつくしていました。

「ちがう。ぜんぜんちがう。」

今まで、じっと耳をかたむけていたブリキのきこりが、とつぜん、つぶやきました。

「絵里《えり》ちゃんは、やさしすぎるよ。わしが、絵里《えり》ちゃんをいじめたやつをこらしめてやる。」

かかしが、身体《からだ》のわらをかきむしっていいました。

「いいえ、それが事実《じじつ》だもの。汚《きたな》いものは、はじきだされても当然だわ。みんなに迷惑《めいわく》をかけるだけだから、わたしは、学校へ行かないときめたの。」

「そんなのおかしいよ。ブスは、学校へ行ってはいけないのかい。世の中に存在《そんざい》したらだめなのかい？　ただ、顔のパーツがちがうというだけで、一方的にいじめをうけるというのは、わしには納得《なっとく》がいかない。」

かかしがいいました。

「顔がちがって当たり前。かわいいだの、ブスだのっていうのは、人の感覚《かんかく》ではないか。あいにく、わたしには心がないから、かわいいとかブスとかという心情《しんじょう》はわからない。しかし、どんな顔であっても、人格《じんかく》を尊敬《そんけい》するのが人としての生き方ではないのか？　目が大きくても小さくても、鼻《はな》が高くても低くても、くちびるが厚《あつ》くても薄《うす》くても、いいじゃないか。姿《すがた》や形で判断《はんだん》するというのは、いかがなものか。そんなのは、下劣《げれつ》な人間《にんげん》のすることだ。」

というと、ブリキのきこりはおのをブンブンふりまわしました。

「ええ、あたしも同感だわ。かみさまは、わたしたち人間《にんげん》を平等《びょうどう》に創《つく》られた。ひとりひとりがかがやくよう、それぞれの生命体《せいめいたい》にちがう着ぐるみを着せた。姿形《すがた》が同じだと、個性がなくなり、ひとつひとつがかがやかない。それを心配したんでしょうね。おそらく、かみさまの懐《ふところ》には、『それぞれちがって、みんないい。』という基本的な考えがある。だから、みんなが愛《あい》されて当然なのに、絵里《えり》ちゃんのクラスでは、『ブスはきえろ！』という、まちがった考えが支配《しはい》している。そんなのだんじて、許《ゆる》してていはいけないわ。絵里《えり》ちゃんひとりがよくても、このまま周《まわ》りを許《ゆる》しておくわけにはいかない。」

ドロシーがテーブルをたたくと、ライオンが口を開きました。

「人間《にんげん》には、もうひとつの心理《しんり》がある。それは、ひとりをいじめることで、周《まわ》りがひとつになるということなんだ。何のつながりもなかった周《まわ》りの人間《にんげん》たちが、ひとりを攻撃《こうげき》することで一体感を持つ。人間《にんげん》は、ひとりでは生きられない生き物だから、安心するんだろうな。お互《たが》いが理《り》解《かい》しあうということは、むずかしいから、ひとりをみんなできらうことで、つながろうとする。ひとことでいうと、ひきょうなやり方だよ。」

「ライオンさんて、ちっともこわくないのね。じつをいうと、わたし、一口《ひとくち》で丸のみにされないかと、どきどきしてたの。だって、動物園にいるライオンは、とっても凶暴《きょうぼう》な生き物でしょ。」

「絵里《えり》ちゃん、外見《がいけん》で判断《はんだん》するのはやめてくれよ。ライオンだって、こわくないものもいるんだ。」

ライオンがしょんぼりしていうと、絵里《えり》ちゃんはあわてて、

「わたしったら、ごめんなさい。」

といって、笑《わら》いました。お母さんも、いっしょになって笑《わら》いました。台所に行くと、大きなスイカをザクザクときり、

「今朝《けさ》とれた初生《はつな》りなの。めしあがってくださいね。」

といって、テーブルにだしました。

　お日さまの香《かお》りがして、どんなにおしいかったことでしょう。ムシャムシャと、夢中《むちゅう》で食べました。四人にとって、スイカは初めての味でした。

「ごちそうさま。また、きます。」

というと、四人は、いったん家をでました。

「必《かなら》ずよ。待ってるわ。」

絵里《えり》ちゃんが手をふりました。

　近くの神社の境内《けいだい》で、作戦会議です。とつぜん、ブリキのきこりが、

「わたしには心というものがない。だから、人間《にんげん》の心理《しんり》はさっぱりわからないが、反対に、私情《しじょう》をはさまずに、客観的に判断《はんだん》することができる。どんな理由《りゆう》があろうとも、いじめはよくない。しかも、生まれながらの姿形《すがた》を汚《けが》す言動なんて、持ってのほかだ。差別以外《さべついがい》のなにものでもない。わたしは、正義《せいぎ》を愛《あい》す。」

と、はっきりといいきりました。

「ええ、あたしもよ。」

ドロシーが、力強くいいました。

「しかし、心っていったい何だろう? 事実《じじつ》をありのままに受け止めればいいのに、心があることで、かえってややこしくしている。長い間、わたしは、心がほしいと思っていたが、よくわからなくなってきたよ。」

ブリキのきこりが迷《まよ》いを口にすると、ライオンが鋭《するど》い目をしていいました。

「心があるから、成長する。ああなりたい、こうなりたいという思いが人間《にんげん》を成長させてきた。心はかけがえのないものであり、人間《にんげん》にとって必要不可欠《ひつようふかけつ》だ。しかし、今、ここで、君が、心がほしいとか、ほしくないとかと議論《ぎろん》するのとは、別問《もん》題《だい》だ。なぜかというと、それは、個人の自由な選択《せんたく》にまかされているからだよ。しかし、これだけはいえる。心があっても、決して判断《はんだん》をあやまってはならない。」

「二人《ふたり》とも、時間がないわ。さっそく、作戦をたてましょう。」

ドロシーが二人《ふたり》をせかすと、ブリキのきこりもあわてていいました。

「そうだった。絵里《えり》ちゃんが、学校へ行けるようにするには、どうしたらいいか?」

「まず、絵里《えり》ちゃんのクラスメート全員が、自分たちの犯《おか》した罪《つみ》に気づき、あやまるべきだと思う。何の理由《りゆう》もなく、いじめていたという事実《じじつ》をほうっておくことはできない。このままにしていたら、必《かなら》ず次の犠牲者《ぎせいしゃ》を生むことになる。次に、絵里《えり》ちゃんの心のケアーだ。顔や体のことで、ずいぶん、傷《きず》ついていると思う。そして、最後《さいご》は、お母さん、ご家族の心のケアーだ。絵里《えり》ちゃんの登校拒《きょ》否《ひ》が始まって、ご夫婦《ふうふ》は離婚《りこん》されたらしい。さぞや、心の負担《ふたん》も大きかったと思う。」

ライオンがまとめていうと、かかしは、びっくりしていいました。

「君は、頭がいいんだなあ。わしも、君ののうみその十分の一でもあったらなあ。」

かかしが、うらやましそうにいいました。

「それほどでもないさ。おれのなやみは、勇気《ゆうき》がないことなんだ。」

「そうか。」

「さて、それじゃ、さっそく実行しよう！」

「そうだ、分担《ぶんたん》しよう。」

「いいね。あたし、魔女《まじょ》さんと学校へ行くわ。魔女《まじょ》さんは先生をやっていて、生徒の扱《あつか》いになれているとと思うの。どうかしら？」

「オッケー！　うまくいくといいけど…。」

「わたしは、絵里《えり》ちゃんと話そう。」

ブリキのきこりがいいました。

「おれたちは、家族のところへ行こう。」

ライオンときこりがいいました。

「おれはお母さんと話すから、君はお父さんをたのむ。ライオンの姿《すがた》を見たら、お父さんはびっくりしてこしをぬかすだろうからね。」

ライオンがきこりにいいました。

　さて、ここは学校です。クラスは受験《じゅけん》のための夏季講習《かきこうしゅう》をやっていました。中三になってもクラスがえがなく、そのまま持ちあがっていました。

　エッちゃんは、いじめの中心人物をさがしあてると、その男の子に絵里《えり》ちゃんの着ぐるみを着せ、絵里《えり》ちゃんそっくりにしました。男の子は、自分の姿《すがた》にびっくりして、

「いったい、どういうことだ？」

と、あわてふためきましたが、クラスメートたちは知りません。

「あれっ、さっきまでいたのに、ショウがいなくなった。」

と、気づく者もいましたが、すぐにどこかへ追いやられました。

どうしてかって？　そこに、絵里《えり》ちゃんがいたからです。正確《せいかく》にいうと、ショウの心を持った絵里《えり》ちゃんでしたがね。

「なんだ、絵里《えり》のやつがきたぜ。久しぶりにすかっと一発やろうぜ。」

のひとことで、いじめが始まりました。

背中《せなか》にブスとかいた紙をつけたり、かばんをふみつぶしたり、お弁当《べんとう》を窓《まど》の外へ投《な》げたりしました。おさえつけ、髪《かみ》の毛を切る子もいました。ショウは、

「ふざけるな。おまえら、オレだよ。何をやっているんだ。」

とさけびましたが、声にはなりませんでした。

「やめてくれ！」

とさけぶと、ますますおもしろがって、

「もっと、いじめてくださいだって！」

とやじられ、けられたりなぐられたりしました。

やがて、先生がさわぎを聞きつけてやってくると、みんなは手を止め、席につきました。

ショウは、床《ゆか》にたおれこみました。遠のいていく意識《いしき》の中で、ショウの脳裏《のうり》には、絵里《えり》ちゃんをいじめているシーンがいくつも映《うつ》しだされました。

（あいつ、こんなにつらい思いをしていたんだ。何もしていないのに、みんなからいじめられて…。

さぞ、つらかったことだろう。すぐに、あやまりたい。）

ショウの目には、涙《なみだ》がうかび、洪水《こうずい》のように流れました。

目をさますと、ショウは自分の着ぐるみをつけていました。クラスメートたちは、

「ショウ、どうしたんだ？」

と、目を丸くしました。ショウの顔はパンパンにふくれあがり、体にはいくつもあざができていました。髪《かみ》の毛は短くきられ、いくつかハゲがありました。

「おまえたちにやられた。」

と答《こた》えましたが、だれも信じてはくれません。

「そんなことより、みんなで、絵里《えり》のところへあやまりにいこう！　おれたち、何の罪《つみ》もない絵《え》里《り》に対して、いじめをくり返してきた。たった今、気づいたんだ。自分たちのしてきたことが、どんなに絵里《えり》を傷《きず》つけてきたか。心から反省《はんせい》をしている。あやまっても許《ゆる》してもらえる問題《もんだい》ではないこともわかっている。それでも、あやまりたい。」

ショウが涙《なみだ》を流しました。

「じつは、わたしも、毎晩《まいばん》うなされていたの。最後《さいご》まで、絵里《えり》についてあげられなかったこと、後悔《こうかい》している。あの時、自分がいじめられることがこわかったから、絵里《えり》から離《はな》れた。口では、親友といっておきながら裏切《うらぎ》ってしまったの。わたしこそはずかしいわ。心からあやまりたい。」

知香《ちか》ちゃんがいいました。

「ぼくもあやまりに行く。」

次々と、心の奥《おく》の声が話されました。

ほんとうはいじめはいけないとわかっていながら、『みんながしているからいいや』という考

えが鎧《よろい》となり、いじめてしまっていたこと。どんどんエスカレートしていったこと。それが、どんなに絵里《えり》ちゃんを傷《きず》つけていたか。クラスメートたちは、全員であやまりにいくことになりました。

さて、ここは、絵里《えり》ちゃんの家です。ブリキのきこりと絵里《えり》ちゃんの会話が始まりました。

「わしが、絵里《えり》ちゃんのなやみをかわってあげられたらいいんだけれど。ごめんね。できないよ。ぼくは心がないからなやむことができないんだ。」

「そっか。心があるから、なやめるんだ。心がなかったら、悲しみもないかわりに、喜《よろこ》びもない。わたし、いじめをうけてなやんでいたけれど、かけがえのない心があるからなんだって思ったら、心が軽くなってきた。

「その意気《いき》だ。それに、絵里《えり》ちゃんの笑顔《えがお》、とってもすてきだよ。人間《にんげん》の顔には、心がでるものなんだ。きれいな心の持ち主は、笑顔《えがお》もすてきなものだ。君は世界一美人だけど心のみにくい人になりたいかい？　それとも、顔はふつうでも、心の美しい人になりたい？」

「ありがとう。きこりさん。わたし、明日学校へ行ってみる。」

絵里《えり》ちゃんが、にっこりほほえみました。その笑顔《えがお》ときたら、まるで天使のようにかわいくって、ブリキのきこりはぽっとしました。もしかしたら、少しだけ心が入ったのでしょうか。そこのところは、はっきりとわかりません。

さて、ここは、エッちゃんの家です。ドロシーと三人のあいぼうは、満足した表情《ひょうじょう》でもどりました。

「絵里《えり》ちゃんが、学校に行けてよかった！」

ドロシーがいいました。

「今回の冒険《ぼうけん》で、より、心がほしくなった。」

ブリキのきこりがいいました。

「もっと、いろんな国に行って勉強したい。」

かかしがいいました。

「正義《せいぎ》は勝つ！」

ライオンがいいました。

「魔女《まじょ》さんも、今回は活躍《かつやく》をしてくれて、ありがとう。」

長ぐつをはいたねこが、にこにこしていいました。

「あたし、きめたの。世界中の学校から、いじめをなくす！　よかった。三度目の冒険《ぼうけん》も、成功《せいこう》ね。」

エッちゃんが、はりきっていいました。

「今回は、何といっても、みんなの協力が光っていたよ。」

ガリバーがいいました。

「ぼくは、はらはらしっぱなし、でも、みんなを信じていたさ。」

ジンが、力をこめていいました。

　空は、久しぶりに灰《はい》色の雲がおおい、昼間だというのに暗くなってきました。イチョウの木の上で、この様子《ようす》を見ていた王子さまは、

「天気はよくないが、わたしの心は晴天だ。ドロシーとその仲間《なかま》たちよ、ありがとう！」

といって、しずかにほほえみました。

　次の日、絵里《えり》ちゃんが学校へ行くと、クラスメートたちは、笑顔《えがお》でむかえてくれました。遅《おく》

れている勉強をノートにとって教えてくれたり、休み時間は、みんなで遊んだり、いっしょにお弁当《べんとう》を食べたりしました。

もちろん、親友の知香《ちか》ちゃんとはよりをもどし、以前《いぜん》のように何でも語り合える仲《なか》になりました。今は、夢《ゆめ》を語り合い、志望校《しぼうこう》をめざして、勉強中です。

ところで、とつぜんの話ですが、絵里《えり》ちゃんのご両親は、ライオンときこりの説得《せっとく》もあり、また、元《もと》のさやにおさまりましたとさ。

10　ほらふき男爵《だんしゃく》の冒険《ぼうけん》

三日目の夕方、ぽつりと、しずくがひとつ、ツバメの背中《せなか》に落ちました。ツバメは、上を向くと、王子さまに、

「なぜ、泣いてるの？」

と、たずねました。

「あんまり苦しいものだから。」

と、王子さまはためいきをつきました。

「線路の向こうに、老女《ろうじょ》がひとり泣《な》いている。夫《おっと》に先だたれた悲しさで、家の外にでなくなった。それは仲《なか》のよい、おしどり夫婦《ふうふ》だったんだ。ショックも大きかったことだろう。以前《いぜん》は、よくいっしょに散歩《さんぽ》したり、旅行《りょこう》にでかけたり、ゲートボールをしたりと楽しんでいたのに、今は全く楽しもうとしない。かわいいツバメよ。老女《ろうじょ》のもとへ、だれかを送りこみ、生きる希望《きぼう》を与《あた》えておくれ。」

と、王子はツバメにたのみました。

ツバメがとんできて、エッちゃんの家のチャイムをつつきました。五度目のおつかいです。

「夫《おっと》に先だたれた悲しさで、外にでなくなった老女《ろうじょ》がいます。だれか、行って元気づけられる人はいますか?」

「外にでないなんて、かわいそうだなあ。でも、ひとりぼっちになったら、だれだって元気をなくすさ。」

というと、イワンはやきたてのとうもろこしをむしゃむしゃかじりました。

「うまいなあ。格別《かくべつ》の味がするよ。止まらないおいしさだ。」

「ほんとうにうまい。しかし、イワンはよく食べるなあ。」

というと、ガリバーは真剣《しんけん》な顔になり、食べかけのとうもろこしを皿《さら》におきました。

「おいしさを感じるのは、心が元気なしょうこ。悲しい時は何を食べてもおいしくない。おそらくだが、老女《ろうじょ》は、食事も満足にとっていないだろう。」

「なんとかしてあげたいわね。」

ドロシーが心配そうにいいました。

「ひとりぼっちということは、話し相手《あいて》がいないということだ。朝から晩《ばん》まで、24時間、言葉を発しない生活が、もう一年以上《いじょう》も続いている。笑《わら》いなんて、忘《わす》れているかもしれない。」

ガリバーは、遠くを見つめていいました。

「一年以上《いじょう》？　ぼくだったら、とっくに気がおかしくなっているよ。」

ジャックが、おどろきの顔でいいました。その時、とつぜん、ピーターがさけびました。

「そうだ！　笑《わら》いといえば、ここにぴったりの人物がいるじゃないか。」

「いつたい、だれだ？」

みんなは、びっくりぎょうてん。お互《たが》いに、見つめあいました。

「ほら、そこにいるじゃないか。」

「ピーター、もったいぶらないで、早く教えて！」

「わかった。教えるよ。笑《わら》いのプロといえば…、その名は、男爵《だんしゃく》でーす。」

ピーターは、メロディーをつけて紹介《しょうかい》しました。

「わたしか？　ピーター、からかうのはやめてくれ。」

男爵《だんしゃく》は、とつぜん自分の名前をいわれ、目を白黒させました。

　あれっ？　どこかへんです。いつもだったら、ふたつ返事でオーケーのはずでした。

「ほら、男爵《だんしゃく》は、話がとっても上手《じょうず》だから、聞くだけで元気になれると思ったんだ。この考えはどう？」

「いい考えじゃよ、ピーター！　ここは、男爵《だんしゃく》にまかせてみてはどうじゃろう？」

長ぐつをはいたねこがいいました。

「あなたまで、からかうのかい？」

「いや、本気じゃよ。ここにいるみんなもみな同じ思いじゃ。」

というと、拍手《はくしゅ》がわきあがりました。

「ほらな。全員一致《いっち》じゃ。それじゃ、まかしたぞ。」

「わかったよ。やってみよう。」

男爵《だんしゃく》が、力なくいいました。

　エッちゃんはほうきをだすと、男爵《だんしゃく》を乗せて、空に浮《う》かび上がりました。ジンは、

「いっしょに男爵《だんしゃく》の話を聞いてこよう。」

といって、飛び乗りました。ツバメの案内《あんない》で、老女《ろうじょ》の家までひとっとび。やがて、老女《ろうじょ》の家に着きました。

　老女《ろうじょ》の家の前にたつと、ポストから新聞があふれていました。男爵《だんしゃく》は、いやな予感《よかん》がしました。

「もしかしたら…?」

ドアチャイムをならしても、インターホンから声をかけても、シンとしたまま。応答《おうとう》はありません。そこへ、つえをついた老人《ろうじん》がやってきました。

「ここの家の方は、どうされましたか?」

「ご主人を亡《な》くされてから、さっぱり、外だしなくなってしまいました。以前《いぜん》のように、お茶でもしようと思い、たまによってみるのですが、いつも断《ことわ》られましてね。もう一年も会っていません。それでも、声を聞くだけでもと思い、今日《きょう》もきてみたのです。」

「いつも、こられるのですか?」

「いつもとはいっても、一週間に一度ですけどね。じつは、キクさんの、亡《な》くなったご主人とわしは大親友でしてね。もう30年のつきあいです。もしものことがあったら、キクをたのむっていわれていたのです。あいつったら、勝手《かって》にいっちまって、のこされたわしらはふびんなもの

ですよ。」

老人《ろうじん》は、白いあごひげをなでながらいいました。ひげは、30センチほどもあり、仙人《せんにん》のような風《ふう》格《かく》がありました。目じりのシワは深くきざみこまれ、そのシワに水がチョロチョロと流れました。

「いつも、声は聞けるのですか?」

「そうですが、何か?」

「さっきから、ドアチャイムをならしても、インターホンから声をかけても、応答《おうとう》がありません。その上、ポストには新聞があふれだして…。」

男爵《だんしゃく》がいうと、老人《ろうじん》はあわてた様子《ようす》で、

「まさか。今までこんなことは…!」

と、つぶやきました。つえをついていることも忘《わす》れ、パタパタかけだすと、ドアをトントンたたきました。

「キクさんや。わしじゃよ。いたら、返事をしておくれ。」

返事はありません。

「おーい。わしじゃ。あけてくれ。」

老人《ろうじん》は、ありったけの声でさけんでいました。

「こんにちは。キクさん、いますか?」

男爵《だんしゃく》も、大声をはりあげました。

何事もなければいいのですが、老人《ろうじん》と男爵《だんしゃく》の脳裏《のうり》には、いやな光景《こうけい》が浮《う》かんではきえ、浮《う》かんではきえていました。何度さけんでも、返事はありません。

男爵《だんしゃく》は、試《ため》しにドアノブを回してみました。すると、どうでしょう。部屋《へや》はかんたんにあきました。そう、カギは、始めからかかっていなかったのです。

「あいている!」

男爵《だんしゃく》は、あわてて、中にかけこみました。老人《ろうじん》も続きました。さて、二人《ふたり》が、部屋《へや》の中で見た光景《こうけい》とは? 老女《ろうじょ》は、男爵《だんしゃく》を見るなり、

「ミチさん、お帰りなさい。わたしは、この日をどんなに待っていたことでしょう。あなた、しばらく見ないうちに、少し、若《わか》くなられましたね。」

と、かんちがいしていいました。

「キクさんや、残念《ざんねん》だが、この人は、君のご主人じゃない。お客さんだよ。」

「いいえ、ミチさんです。わたしが、主人をまちがえるはずがありません。だって、半世紀、50年間もつれそってきたのですよ。長い歴史《れきし》があります。」

キクさんは、老人《ろうじん》の言葉に、耳をかたむけようとはしませんでした。

この会話を聞いていた男爵《だんしゃく》は、

「ただいま! わしだよ。キクさん、今、帰ったよ。ずいぶん待たせたな。」

といいました。

「ほら、やっぱりミチさんだった。ちがうっていうものだから、びっくりしちゃったわ。わたし、あなたが、いつ帰ってもいいように、ずっとドアはあけておいたのよ。だって、カギをおいたまま、いなくなってしまったんですもの。今度、外出する時は、きちんとカギを持って行ってね。」

「ああ、わかったよ。」

「夕飯は、いつものあれでいいかしら?」

「いつもの?」

男爵《だんしゃく》にわかるはずがありません。

「あなた、毎晩《ばん》、食べていたじゃないの。もうお忘《わす》れになったの？　に・も・の。あなた、ほくほくのじゃがいもが大好物だった。」

「そうだったなあ。わしは、いもが大好きで、一日に１００こも食べた。キクだって、すごい食欲《しょくよく》だったぞ。」

「１００こなんて…。あなたったら、おおげさね。」

というと、キクさんは口に手をあて、クスッと笑《わら》いました。

老人《ろうじん》は、キクさんの笑顔《えがお》を見るとほっとしました。それは、一年ぶりに見せる笑顔《えがお》でした。あんまりまぶしくて、目を細めました。

（なつかしいなあ。）

とつぜん、老人《ろうじん》の心に、何十年も前の映像《えいぞう》が流れました。

キクさんは、若《わか》いころ、カウンセリングの仕事をしていました。たくさんの人がなやみをかかえ、悲しい顔で戸をたたきましたが、帰る時には、みな笑顔《えがお》になりました。キクさんの笑顔《えがお》には、みんなを幸《しあわ》せにするパワーがあったのです。

「ふきげんな顔は、環境破壊《かんきょうはかい》よ。たちまち、周《まわ》りの人みんなに、感染《かんせん》して気分を悪くする。だから、いつも笑顔《えがお》でいましょうね。笑顔《えがお》でいると、それが、たちまち、他の人に伝染《でんせん》して、世界中の人が幸せになる。わたしは、そういう日を夢みているの。」

といって、いつも、笑顔《えがお》を忘《わす》れませんでした。

老人《ろうじん》は、あの時のキクさんの笑顔《えがお》を思いだしたのでした。仕事をやめたのは、ミチさんが亡《な》くなった時でした。

「笑顔《えがお》がなくなってしまったわたしに、カウンセリングの仕事はできない。」

と、決断《けつだん》をくだしたのです。

　キクさんは、いくら笑顔《えがお》をつくろうと思ってもだめでした。心の中に大きくあいた穴《あな》は、大きすぎてどうすることもできません。

「わたしったら、長い間、なやんでいる人のアドバイスをしてきたくせに、自分がなやんだ時にはどうすることもできない。情けないったらありゃしない。体験《たいけん》してみないと、ほんとうのつらさは、わからないってこと、身にしみたわ。キクのバカタレ！」

と、自分を責《せ》めました。

　カウンセリングは、自分の一生《いっしょう》の仕事だと、覚悟《かくご》していたつもりでした。しかし、現状からみると、無理《むり》でした。だれの目から見ても、そう思えました。今のキクさんの顔は、相談を受けに来た人たちを元気づけるどころか、さらに、深い悲しみに追いやるでしょう。まさに、環境破壊《かんきょうはかい》です。家族も、親せきも、そして、友人たちも、みな、キクさんの決断《けつだん》に反対はしませんでした。それほど、キクさんのショックが大きかったのです。だれもが、

（とにかく、ゆっくり、のんびりと休養してほしい。）

と、思いました。ここで、老人《ろうじん》の映像《えいぞう》がストップしました。

　キクさんは、男爵《だんしゃく》のミチさんにいいました。

「じつは、ビッグニュースよ。夕飯は、できているの。」

というと、テーブルを指さしました。テーブルの上には、一年前と同じ風景《ふうけい》が広がっていました。

「今日《きょう》だけではないのよ。わたしは、あなたが帰ってこなくなってからも、ずっと、こうして二人《ふたり》分の食事の用意をしていたわ。二人《ふたり》分のごはんに、二人《ふたり》分のみそ汁《しる》、そして、二人《ふたり》分のお

かず。おつけものも二つ。デザートも二つ。もちろん、ワイングラスも二つよ。あなたはいなかったけれど、あなたの存在《そんざい》を信じることで、三ヶ月もすると、ようやく食事ができるようになった。ほら、お肉もついてきた。」

というと、おなかをひとつ、ポンッとたたいてみせました。でも、音はしません。

キクさんの体重は、ミチさんと生活をしていたころより、13キロも落ちていました。目だけがギョロギョロと光り、洋服からでている手足は、骨《ほね》に皮《かわ》一枚はりついているだけで、まるでゆうれいのように見えました。老人《ろうじん》は、その姿《すがた》があまりに悲惨《ひさん》なので、部屋《へや》のすみにしゃがみこんでしまいました。

「キクさん、いつも、わたしのことを思っていてくれてありがとう。」

というと、男爵《だんしゃく》は、ほんとうにミチさんになった気持ちがしました。

「どうしたしまして。」

キクさんの目は細くなり、くちびるが横にキュッと広がりました。男爵《だんしゃく》は、うれしくなってほほえみました。次の瞬間《しゅんかん》、

(しまった！　わたしは、キクさんを笑《わら》わせるために、人間界《にんげんかい》へきたんだ。自分が笑《わら》ってどうするんだ。うっかりして、大切《たいせつ》なことを忘《わす》れるところだったよ。)

と、我《われ》に返りました。

さあ、これからが本番です。

「ある晩《ばん》、夜中に夢を見た。煮物《にもの》から飛びだしてきたじゃが娘《むすめ》が、『おしょう油《ゆ》のお風呂《ふろ》で、長時間ぐつぐつ煮込《にこ》まれるものだから真っ黒けよ。これじゃ、お嫁《よめ》に行けないいじゃない。』といっ

て、プリプリするものだから、フライドポテトにしてやった。そしたら、今度は、『熱いお風呂《ふろ》にポンポン投《な》げこまれて、やけどしちゃったわ。』といって、おこる。しかたがないから、ポテトサラダにしてやったよ。そしたら、『美しいわたしを、つぶすとは何ごとよ。もう、食べないで！』といって、火をふいたようにおこるものだから、わしは、じゃが娘《むすめ》を、空に投《な》げた。すると、美しい『ポテト星』になった。夜空に、赤い光をだしてかがやいているのがそれだ。」

男爵《だんしゃく》の話に、キクさんは、うふふっと、笑《わら》いました。老人《ろうじん》は、

「この男は、いったい何者だろう」

と首をかしげました。

この町では見たことのない顔です。勇気《ゆうき》をだして、たずねてみたい気がしましたが、正体《しょうたい》がわかるときえていくような予感《よかん》がして、見守《まも》ることにしました。何者であろうと、キクさんが笑《わら》ったのです。今はそのことの方が、重要《じゅうよう》でした。

「もうひとつ、おもしろい話をしよう。おれのチョッキには、金のボタンが三つ、ついている。このボタンは、ふつうじゃない。何でも望《のぞ》みをかなえてくれる、『魔法《まほう》のボタン』なんだ。」

「魔法《まほう》のボタン？」

キクさんの瞳《ひとみ》が光りました。

「ああ、そうさ。ある朝、おなかがぺこぺこだったわしは、金のボタンにむかって、『世界のおいしい料理が食べたい』といった。すると、どうなったと思う？　わずか、三秒後に、テーブルの上に、和洋中の超《ちょう》ごうかなフルコースがならんだ。わしは、時間をかけて世界のおいしさを味わった。『デザート』というと、ひきたてのコーヒーと、大好物のイチゴのショートケーキが空を飛んでやってきた。たらふく食べたわしは、おなかがいたくなった。『トイレ』とさけぶと、今度は、

金色の便器が空を飛んで、わしのおしりの下にはりついた。こうして、ある日のわしの朝食は終わったのだ。」

男爵《だんしゃく》は、自信たっぷりにいいました。

「金の便器ですって？　あなた、それを、金の指輪《ゆびわ》にしたら、百か千か万こ、いやちがう、何十、何百でもない、何千万こもできるはずよ。ぜひ、指輪《ゆびわ》にしましょう。」

「君は、げんきんだなあ。」

「当たり前よ。女は、いくつになっても宝石《ほうせき》には弱いものよ。」

「だが、かつて一度でも、便器になった指輪《ゆびわ》は、はたして売れるだろうか？」

「いわなければわからない。だって、考えてみてよ。うんちも、金も黄色でしょう？」

というと、キクさんは、

「あらまあ、わたしったら平気《へいき》ではずかしいことを…。」

といって、笑《わら》いころげました。

「続きがあるんだ。次に、金のボタンに向《む》かって、『火星へ行きたい！』とお願《ねが》いすると、わずか、三秒後に火星へついた。わしは、何をしたと思う？　火星人と、なかよくトランプをしたんだ。」

「あはは、火星人とトランプをした？　それは、すごい！　ところで、あなた、勝ったの？　負けたの？」

キクさんは、ガハハハと笑《わら》いました。老人《ろうじん》は、（キクさんの笑《わら》い顔は、もうあのころのままだ。）と、思いました。

「聞くにおよばない。勝ったにきまっているじゃないか。その時、火星人から、こんな話を聞いた。『金のボタンさえあれば、世界中、どこにも行ける。火星だって、水星だって、数日前に君がつくったポテト星だっていけるだろうよ。しかしな、ひとつだけ、いけないところがある。』って…。君はどこだと思う?」

「火星まで行けるのに、行けないところがあるのですか?」

「ああ、どんなにがんばっても、どんなに科学が進歩しても、どんな魔法《まほう》を使っても、行けないところがあったんだ。」

「わかりません。」

「それは、『あの世』なんだって。」

男爵《だんしゃく》は、しずかにいいました。

「あの世は、亡《な》くなった人が住んでいるところ。ミチさん、あなたはどこに住んでいるの? まさか、あの世ではありませんよね。もし、そうだったら、ここにいないはずだもの。」

キクさんは、たしかめるようにいいました。

「残念《ざんねん》ながら、わたしは、ミチさんではありません。」

その言葉を聞いた瞬間《しゅんかん》、キクさんは、たおれそうになりました。でも、正直《しょうじき》にいうと、うすうす気づいていたというのが、ほんとうのところです。

「ごめんなさい。結果《けっか》として、あなたをだますことになってしまった。わたしは、ただ、あなたを元気づけたいと思っていただけです。悲しいことですが、キクさんのご主人は亡《な》くなってしまった。それは、もう変《か》えることができない事実《じじつ》なのです。キクさんが、乗り越《こ》えるしか方法はありません。ミチさんは、キクさんにたくさんの愛《あい》をもらって、旅《たび》だった。十分、幸《しあわ》せだったと思います。あの世で、『ありがとう』と何度もつぶやいていることでしょう。そして、あの世から、キクさんを見守《まも》っています。ところが、キクさんが悲しんでいるので、成仏《じょうぶつ》できません。

あなたが泣《な》けば、ミチさんも泣《な》きます。キクさんにとって、ミチさんが全てだったように、ミチさんにとっても、キクさんは全てなのです。どうか、ミチさんを愛《あい》しているのなら、笑顔《えがお》でいてください。二人《ふたり》の心は空と海です。空が青ければ海も青くなるように…。二人《ふたり》は永遠です。顔は見られないけれど、心はつながっているのですから…。」

というと、男爵《だんしゃく》はきえました。キクさんは

(夢《ゆめ》だったのかしら?)

と思ったら、手にはしっかりと金色のボタンがひとつ光っていました。

夕日が沈《しず》むと、窓《まど》の外に、赤い星がきらめいているのが見えました。キクさんは、あわててドアをあけると、外にでました。

「空ってこんなに広かったかしら。あの星は、『ポテト星』ね。真っ赤に光っているもの。毎晩《ばん》、おいもの料理をつくってきたけれど、ジャガ娘《むすめ》がおこるからやめようかしら。」

というと、老人《ろうじん》も、

「ああ、そうだな。ほどほどがいいと思うよ。久しぶりに、キクさんの顔が見れてほっとしたよ。心配をしていたんじゃ。」

といって、ほほえみました。

「わたしったら、そんなことも知らず、ただ悲しいのは自分だけとふさぎこみ、家にこもっておりました。でも、これからは外へでてみようと思っています。少し前までは、死《し》んであの人のところへ行きたいと沈《しず》んでおりましたのに、どういう心境《しんきょう》の変化《へんか》でしょう。じつは、自分でもおどろいています。こんなに空気がおいしいなんて。こんなに星がかがやいているなんて。こんなに人がやさしいなんて。今までだって、十分わかっていたはずなのに…。まだ、わたしには、この世でやることがあるのではないかと思えてきたのです。」

というと、キクさんの瞳《ひとみ》が光りました。

「やることと？」

「ええ、カウンセリングの仕事を再開しようかなって思っています。」

キクさんは、赤い星をじっと見つめながらいいました。

「それはいい！　なやんだことが、また大きな力となって、相談者の心をいやすだろう。わたしも、うれしいよ。あの世で、ミチさんが、いちばん、喜んでいるだろうけどね。」

というと、にっこりしました。

さて、ここは、エッちゃんの家です。男爵《だんしゃく》は、鼻《はな》の下のひげを自慢《じまん》げにさわり、もどってきました。エッちゃんが、

「男爵《だんしゃく》、さすがだわ。キクさんに、笑顔《えがお》がもどってよかった！」

というと、

「すごいだろう？　わたしは、天才の頭脳《ずのう》を持っているからね。」

と、自信満々《じしんまんまん》にいいました。行く前の不安《ふあん》な表情《ひょうじょう》は、どこかへふきとんでいました。

男爵《だんしゃく》は、こう見えて、かなりの心配性だつたのです。口では、ガンガンいう割に、心では迷《まよ》ったりなやんだりしていました。

（いつか、キクさんにみてもらおうか）

と、考えていたのです。

「男爵《だんしゃく》、君のおかげで、キクさんに笑《わら》いがもどったよ。その上、仕事まで再開をするようじゃ。今回は、男爵《だんしゃく》のおかげで、また、ひとつの人生《じんせい》が動きだしたよ。ほんとうに、ありがとう。」

長ぐつをはいたねこが、にこにこしていいました。

「そんなにいわれるとてれるなぁ。」

男爵《だんしゃく》は、頭に手をやりました。

「五度目の冒険《ぼうけん》も、成功《せいこう》ね。」

エッちゃんが、はりきっていいました。

「ところで君のチョッキのボタンがひとつとれているよ。」

ガリバーが気づいていいました。

「いいの。今、ひとつとれているのが、今どきの流行なんだ。」

ジンがまじめな顔でいいました。

　空は、灰《はい》色の雲がなくなり、星がたくさん見えました。イチョウの木の上で、この様子《ようす》を見ていた王子さまは、

「男爵《だんしゃく》や、ありがとう！」

といって、しずかにほほえみました。

　明くる日、キクさんの家の門に看板《かんばん》がたちました。『キクの心の相談室再開』の看板《かんばん》でした。その看板《かんばん》を見ると、町の人々は、大喜《よろこ》びして並びました。それは、長い行列になりました。その中に、男爵《だんしゃく》がまぎれこんでいたかは、わかりませんでしたけれどね。

11　ピーターの冒険《ぼうけん》

　4日目の朝、ぽつりと、しずくがひとつ、ツバメの背中《せなか》に落ちました。ツバメは、上を向くと、王子さまに、

「なぜ、泣いてるの？」

と、たずねました。

「あんまりむごいものだから。」

と、王子さまはためいきをつきました。

「あの川の先で、たくさんの子どもたちが泣《な》いている。家族や友だちが次々と命《いのち》をうばわれ、こわさにふるえている。原因《げんいん》は、大人のけんか。『戦争《せんそう》』とも呼ばれている。大人は、子どもたちに、『けんかをするな！』といってるくせに、自分たちは堂々《どうどう》と続《つづ》けている。かわいいツバメよ。あの町へ、勇《ゆう》かんな戦士を送りこみ、戦争《せんそう》をやめさせておくれ。」

と、王子はツバメにたのみました。

ツバメが飛んできて、エッちゃんの家のチャイムをつつきました。六度目のおつかいです。

「戦争《せんそう》で、たくさんの命《いのち》がうばわれ、子どもたちが泣《な》いています。だれか、戦争《せんそう》をやめさせられる人はいますか？」

「戦争《せんそう》といえば、あたしの生みの親、バームが生きていたころ、『アメリカ南北戦争《せんそう》』がおこったわ。これは、奴隷《どれい》制度をめぐるアメリカの内戦だった。北部の勝利で奴隷《どれい》制度は廃止《はいし》されたけれど、戦争《せんそう》は4年間も続いたの。その少し前には、『アメリカ独立戦争《どくりつせんそう》』。ここでも、たくさんの命《いのち》がうばわれたって聞いた。」

ドロシーは、小さいころ、グランドマザーに聞いた話を思いだしました。

「わたしは、生まれてから、たくさんの戦争《せんそう》を体験《たいけん》してきた。母国のフランスでは、『フランス革《かく》命《めい》』がおこった。王制から共和制になった時じゃ。ルイ16世は処刑《しょけい》され、ナポレオンが出現した。その後、クーデターを経《へ》て、第一帝政《ていせい》が成立した。ほんとうに、戦争《せんそう》は、むごいものじゃ。たくさんの悪の中でも、この世でいちばんみにくいものだろう。なぜなら、たくさんの命《いのち》が一度にうばわれるからじゃ。今ここで、戦争《せんそう》がおきたら、わたしたちは、おそらく、だれひとりいなくなる。」

長ぐつをはいたねこの言葉に、みんなは、ふるえました。

「ほんとうに、戦争《せんそう》はこわいです。一瞬《いっしゅん》で、たくさんの命《いのち》の火がきえていきます。亡《な》くなった人は、もちろん、悔《くや》しい。せっかく生まれてきたのに、国のために、自分の未来がきえてしまうのですから…。しかし、ここで、忘《わす》れてはならないのが、『家族』です。ひとつの命《いのち》には、何人もの家族があります。家族たちは、とつぜん、愛《あい》する人を失《うしな》い、生きる希望《きぼう》を失《うしな》っています。戦争《せんそう》をおこさないためには、どうしたらいいか？　わたしは、旅《たび》をしながら考えてきました。みなさんは、どう思われますか？」

ガリバーの言葉に、みんなはいっせいに首をひねりました。

「うーん。」

ガリバーが続《つづ》けました。

「人間《にんげん》は、心を持った生き物です。ロボットではないので、意見のくいちがいは当然です。そのくいちがいを、暴力《ぼうりょく》ではなく、言葉で解決《かいけつ》をしたらいいと思うのです。」

「なるほどね。それはいい考えだ。そういえば、まだ、読んでないのだけれど、わたしを生みだした作家のトルストイは、『戦争《せんそう》と平和』という作品を書いている。今度、読んでみよう。」

イワンが、かすかな記憶《きおく》を思い出していいました。

「ガリバーのいうように、暴力《ぼうりょく》でなく、言葉で解決《かいけつ》できたら、どんなにすばらしいじゃろう。話し合いで、命《いのち》までは落とさない。つまり、戦争《せんそう》はおこらないことになる。戦争《せんそう》とは、国家間の武力《ぶりょく》による争いをいうのじゃ。武力《ぶりょく》がなければ、たとえ争ったにしても、戦争《せんそう》とはいわない。」

「そうか、初めて知ったよ。さすが、ねこさんは、いろんなことをよく知っているんだなあ。おいらも、少し勉強しようかな？　世の中の事が、知りたくなってきた。」

ピノッキオは、ふしぎな気持ちがしました。なぜなら、今まで勉強なんてしようと思ったことがなかったからです。

「最近《さいきん》、人間界《にんげんかい》では、飛行機事故《ひこうきじこ》や交通事故《じこ》、殺人事件《さつじんじけん》などで、多くの人が亡《な》くなっている。しかし、戦争《せんそう》の悲惨《ひさん》さと比《くら》べると、まだ、事故《じこ》や事件《じけん》なら、あきらめがつく。いや、こんないい方はいかんな。事故《じこ》や事件《じけん》だって、思慮《しりょ》深く考えたら、防《ふせ》ぐことができるはずなんじゃ。ひとつの命《いのち》と一万の命《いのち》を天秤《てんびん》で比《くら》べることなどできぬ。」

長ぐつをはいたねこの瞳《ひとみ》が、キラリと光りました。

「えっ、ひとつと一万だったら、もちろん一万の方が重いでしょう?」

チルチルがたずねると、長ぐつをはいたねこは、手を横に大きくふりました。

「いや、ちがう。命《いのち》はひとつでも無限《むげん》大の重さがある。つまり、無限《むげん》大と無限《むげん》大の比較《ひかく》はできないということじゃ。」

「よく、わからないなあ。片方は無限《むげん》大がひとつ。もう片方は、無限《むげん》大が一万でしょ?　どう考えても一万の方が重い。」

チルチルは、頭が混乱《こんらん》してきました。

「チルチル、君のいいたいことはわかる。そう、なやまんでもいい。かんたんにいうと、命《いのち》の重さは、数などで比較《ひかく》できない。それほど、尊《とうと》いということじゃよ。」

長ぐつをはいたねこが、しずかにいいました。

じつは、長ぐつをはいたねこには、こんな過去《かこ》があったのです。それは、物心がついたころにおこりました。ですから、脳裏《のうり》にしっかりと焼《や》きつき、今でもはなれないのです。

ぽかぽかとあたたかい日、長ぐつをはいたねこは、母と兄弟六人で、家をでました。その瞬間《しゅんかん》、母は、黒くて太いうでにつかまれ、それ以来《いらい》いなくなってしまったのです。長ぐつをはいたねこが母を見た時、母は、何もかも悟《さと》ったようにいいました。

「みんなをたのむわよ。」

長ぐつをはいたねこは、六人兄弟の長男だったので、母は自分の最後《さいご》を知り、長男に託《たく》したのでしょう。

とつぜんのできごとに、子ねこたちは泣《な》きました。母をなくした悲しさは、子どもたちにとって最大です。何日も、ずっと泣《な》いていました。

飼《か》い主の話によると、母はたくさんの子どもを産《う》み、これ以上《いじょう》は育てられなくなったので、どこかで殺《ころ》されたらしいのです。長ぐつをはいたねこは、その時、絶望感《ぜつぼうかん》を味わいました。『ひとつと一万の命《いのち》は比《くら》べられない』という言葉は、母の死《し》で絶望感《ぜつぼうかん》を味わった体験《たいけん》からでた言葉でした。心のさけびだったのです。

「それなら、なんとなくわかる。」

チルチルが、首をたてにふりました。

「付け加えていうと、赤ん坊《ぼう》の命《いのち》も大人の命《いのち》も、王様の命《いのち》もこじきの命《いのち》も、肌《はだ》の白い人の命《いのち》も黒い人の命《いのち》も、五体満足の人の命《いのち》も、両手両足がない人の命《いのち》もみんな同じ。だれが重くて、だれが軽いということはないんじゃ。」

長ぐつをはいたねこが、ひとりひとり、見つめながらいうと、かかしが不安《ふあん》そうな顔をして、

「わしはのうみそがないけれど、わしの命《いのち》も、みんなと同じか?」

と、たずねました。

「もちろんじゃ。人間《にんげん》も動物も植物も…。生き物の命《いのち》はみな同じ。比《くら》べることなどできない。」

その答《こた》えに、あっちこっちで歓声があがりました。

「わたしたちの命《いのち》も、人間《にんげん》たちと同じ。」

コオロギは、カラスとフクロウとライオンを見つめました。

　その時、長ぐつをはいたねこが、頭のコンピュータを作動させていいました。

「ところで、世界の歴史《れきし》をひもとくと、最近《さいきん》では、大きな戦争《せんそう》が二度もあり、たくさんの死者《し》をだしたので、人間《にんげん》たちは、もう戦争《せんそう》はしませんと約束《やくそく》をしたはずじゃ。それなのに、まだ、おこっているのか？」

「ええ、そうらしいです。」

ツバメが悲しそうにいいました。

「しかし、戦争《せんそう》をやめさせるなんて、命《いのち》がけです。銃弾《じゅうだん》が飛んできて命中《めいちゅう》したら、いっかんの終わり。そんな危険《きけん》なこと、だれにもさせられません。」

ガリバーが、いきおいよくいいました。その時、ピーターが空を飛んでいいました。

「それなら、ぴったりの人物がいるじゃないか。」

「今度はいったい、だれだ？」

みんなは、おそるおそる、お互《たが》いを見つめ合いました。10組中、五組はすでに冒険《ぼうけん》が終わっています。

　まだ、終わってないのは、長ぐつをはいたねことイワン、ガリバーとピーターの四人だけでした。ピーターが指名しようとしているのは、他の三人ということになります。みな、青ざめて下を向きました。

（どうか、自分にきまりませんように…。）

せっかく人間界《にんげんかい》に冒険《ぼうけん》にきたのに、もしも、ここで、死《し》んでしまったら超《ちょう》パニック。未来がなくなるばかりか、自分の童話は、人間《にんげん》たちの記憶《きおく》からきえ去られてしまうことになるでしょう。

そんなことになったらたいへんです。長い間、沈黙《ちんもく》が続きました。

そして、ついに、長い沈黙《ちんもく》を破《やぶ》った者がいました。細いけれど、ハープの弦《げん》のようにピンとはりつめた声でした。

「わたしが行こう!」

長ぐつをはいたねこは、覚悟《かくご》をきめていいました。ここは、いちばん長く生きてきた自分が行くべきだと考えたのでした。

「いや、わたしに行かせてください。」

ガリバーが、必死《ひっし》の顔でいいました。ここは、各国を旅《たび》してきた自分が行った方がよいと考えたのでした。

「わたしが行きます。」

イワンがいいました。もし、二人《ふたり》のリーダーがいなくなったら、この冒険《ぼうけん》はどうなるか心配になったのです。自分なら、いなくなっても影響《えいきょう》はないと考えたのでした。その時、ピーターが、

「三人には悪いけれど、この冒険《ぼうけん》は、ぼくがいちばん適《てき》していると思うんだ。失礼《しつれい》だけれど、戦うには、みんなは、少し年をとりすぎている。ぼくは、この中でいちばん若《わか》いし、空を飛ぶこともできる。その上、こう見えても剣《けん》の名人で、自慢《じまん》になるけれど、海賊《かいぞく》のフック船長《せんちょう》を、ひとりでたおしたんだ。戦いのことなら、ぼくにまかせて!」

と、天井《てんじょう》からさけびました。

「ピーター! 君が剣《けん》の名人だったとは…。それは、たのもしいなあ。でも、ほんとうにだいじょうぶかい?」

長ぐつをはいたねこがいいました。

「もちろんだよ。みんながオーケーをだしてくれるのなら…。」

ピーターが、剣《けん》をふりまわしていいました。

「すてき！」

ドロシーが、ウインクをしていいました。

「反対する者など、だれもいない。それじゃ、まかしたぞ。」

「りょうかい！」

ピーターが、力強く答《こた》えました。

エッちゃんはほうきをだすと、ピーターを乗せて、空に浮《う》かび上がりました。ピーターは、自分で空を飛べるといおうとしましたが、エッちゃんに悪いのでやめました。ジンは、

「ぞくぞくする。」

というと、ジャンプして飛び乗りました。ツバメの案内《あんない》で、川の先までひとっとび。やがて、戦いをしている町に着きました。

あちこちに火種《ひだね》が飛び、町は焼《や》け崩《くず》れていました。子どもたちの姿《すがた》は見えません。

ピーターは、まず、西町に行ってみました。

「どうして戦《たたか》っているの？」

ピーターが、銃《じゅう》を持っている男にたずねました。

「どうしてって？　昔《むかし》から、この町は東と西で戦っている。」

「どうして、昔《むかし》から戦《たたか》っているの？」

「理由《りゆう》なんか、考えたことはないさ。おそらく、西の人は東の人を憎《にく》んでいるからだ。」

銃《じゅう》を持った男は、めんどうくさそうにいいました。

「どうして憎《にく》んでいるの?」

「それは、もちろん、東町の人が攻撃《こうげき》をしかけてくるから、憎《にく》いんだ。君は、そんなこともわからないのか?」

銃《じゅう》を持った男は、あきれて答《こた》えました。

「どうして、東町の人が攻撃《こうげき》をしかけてくるの?」

ピーターの質問《しつもん》は続きます。

「おれたちは、西町だから知るわけがない。そんなことは、東町の人に聞いてくれ!」

銃《じゅう》を持った男は半分おこっていうと、ピーターをおいはらいました。

ピーターは、次に、東町に行ってみました。

「どうして戦《たたか》っているの?」

ピーターが、銃《じゅう》を持っている女にたずねました。

「どうしてって? 昔《むかし》から、この町は西と東で戦っているの。」

「どうして、昔《むかし》から戦《たたか》っているの?」

「理由《りゆう》なんか、考えたことはないわ。おそらく、東の人は西の人を憎《にく》んでいるからよ。」

銃《じゅう》を持った女は、めんどうくさそうにいいました。

「どうして憎《にく》んでいるの?」

「それは、もちろん、西町の人が攻撃《こうげき》をしかけてくるから、憎《にく》いのよ。あなたは、そんなこともわからないの?」

銃《じゅう》を持った女は、あきれて答《こた》えました。

「どうして、西町の人が攻撃《こうげき》をしかけてくるの?」

ピーターの質問《しつもん》は続きます。

「わたしたちは、東町だから知るわけがないわ。そんなことは、西町の人に聞いて！」

銃《じゅう》を持った女は半分おこっていうと、ピーターを追いはらいました。


「へんだな、子どもたちがいない。」

ふしぎに思い、小学校へ行ってみると、そこには、子どもたちがうずくまっていました。

「どうしたの？」

「この町に、学校はひとつ。だから、子どもたちは、東西からきているのよ。でもね、いっしょに遊んではならないの。なぜかっていうと、大人が戦争《せんそう》をしているから。」

「いいじゃないか。いっしょに遊ぶくらい。」

「もし、遊んだら、その日の食事がもらえない。」

「全ての情報《じょうほう》がつつぬけになっていて、その日の食事がストップされるんだ。何も食べないなんて、つらいからね。みんな、ばかなことはしない。」

「あたしは、一日分の食事だったら、なくても平気《へいき》なんだけれど、罰《ばつ》はそれだけじゃないの。その子の親は殺《ころ》されてしまう。」

「殺《ころ》される？　いっしょに遊んだだけで？」

「ええ、そうよ。裏切《うらぎ》り者とみなされるの。過去《かこ》にそんな事実《じじつ》があったことを知っているから、だれも同じあやまちはしない。」

「子どもたちには何の罪《つみ》もないのに…。」

ピーターがつぶやきました。

「ぼくたちは、東西にかかわらず、みんなと勉強したり、遊んだりしたいと思っているのに…。そんな、当たり前のことができない。」

「ここは学校というだけで、教科書はもらっても、先生がいない。教えてくれる人がいないから、ちっとも学べないの。わたしは、勉強したくてたまらない。いっぱい勉強して、そして、将来《しょうらい》は先生になって、この町の子どもたちに教えたいのに…。」

というと、少女はうつむきました。

町の大人たちは、『未来のある子どもたちを、戦争《せんそう》にまきこんではならない』と考え、お互《たが》いに、学校だけは攻撃《こうげき》しないよう約束《やくそく》を交《か》わしました。

ふしぎなことに、学校は、東西の町の中央に建っていました。自分たちの町の子どもが通っているので、さけてきたのです。長い間、その約束《やくそく》だけは、きちんと守《まも》られてきました。お互《たが》いの人質《ひとじち》がいるというのが、守《まも》られ続《つづ》けてきた理由《りゆう》でしょう。

（どうしたら、戦争《せんそう》をやめさせられるか？）

ピーターは、必死《ひっし》で考えました。考えて考えて、考え抜《ぬ》きました。

東西のリーダーを呼《よ》び、二人《ふたり》と自分が戦《たたか》ってぎゃふんといわせるのはかんたんです。ピーターは、戦いには自信はありましたので、勝ったところで、二人《ふたり》に、もう二度と争わないことを約《やく》束《そく》させる。しかし、この計画はすっきりしない。何かが足りないと思われました。

この町に必要《ひつよう》なのは、『話し合い』です。なぜなら、さっき、東西の町の男女に質問《しつもん》をした時、100年間も戦《たたか》っていながら、その実体がないと感じたからです。

そこで、お互《たが》いの頭を呼《よ》びました。すると、おどろいたことに、ついさっき、質問《しつもん》をあびせかけた男女がやってきました。

「君たちに問う？　この戦争《せんそう》は、１００年も続いているが、まだ、続《つづ》けるつもりか？」

「東町が攻撃《こうげき》をしてくるので、ぼくたちも仕返しをしているのです。別に、争いを好んでやっているわけではありません。」

「ちがいます。西町が攻撃《こうげき》をしてくるので、わたしたちも仕返しをしているのです。別に、争いを好んでやっているわけではありません。」

「ならば、確認をする。君たちは、基本的に争いが好きではない。しかし、相手《あいて》が仕《し》かけてくるから、仕返しをしている。つまり、相手《あいて》が攻撃《こうげき》をしてこなかったら、仕返しをしない。そういうことだな。」

「ええ、その通りです。ぼくは、血《ち》がきらいです。正直《しょうじき》にいうと、血《ち》を見るとたおれてしまいます。」

「まさに、おっしゃる通りです。わたしも、血《ち》がこわいです。最近《さいきん》は、真っ赤にうれたトマトを見ただけでふるえます。」

「二人《ふたり》とも、戦いには向かない性格《せいかく》をしているようだ。だのに、なぜ、頭をしている？」

「血《ち》がこわくて戦えないなら、冷静《れいせい》に指示《しじ》を出すようにと、ぼくが選ばれました。」

「わたしは輪番制《りんばんせい》です。１００年も争いが続いていると、町内会の掃除《そうじ》当番と同じで、一年交代《こうたい》で、頭《かしら》が回ってきます。わたしは、ただ今年の頭当番にすぎません。来年は、また、変《か》わります。」

「そうか。ところで、二人《ふたり》の考えは、個人ではなく、町の意見とみなしていいか？」

「もちろんです。血《ち》が苦手《にがて》でも、みんなはぼくを信じてくれています。」

男は、少しだけ顔を赤らめていいました。

「もちろんですとも。たとえ輪番制《りんばんせい》であっても、何かあった時は、頭《かしら》に従うというおきてがあります。」

女は、長い髪《かみ》をかきあげていいました。

「では、まとめるとしよう。今、聞いたところによると、両町とも争いがきらいで、相手《あいて》が攻撃《こうげき》をやめれば仕返しをしないということだつた。ここで、ぼくの提案《ていあん》なんだが、一日だけ、お互《たが》いに攻撃《こうげき》をストップしてはどうだろう？　銃弾《じゅうだん》が飛んでこなければ、仕返しがないとなると、二日目からは、争いがなくなると予想《よそう》される。もしも、実現すれば、明日には戦争《せんそう》は終わることになる。これは、ぼくの単なるひらめきにすぎない。『冗談《じょうだん》でしょ』なんて、笑《わら》ってうけ流してもかまわない。しかし、君たちリーダーに、今、心して問いたい。この考えをどう思う？」

というと、ピーターは二人《ふたり》の顔をじっと見つめました。

「なんて、すばらしい！　実現したら、100年間の戦争《せんそう》が終わるんだ。」

「ずっと待ち続《つづ》けていた平和がやってくる。」

二人《ふたり》は、手を取り合って喜《よろこ》びました。

「よし、それじゃあ、きまりだ。」

ピーターが、うれしそうにいいました。

「ところで、君たちは、話をしていいのかい？　ついさっき、子どもたちから聞いてきたが、お互《たが》いの町どうしの子どもたちといっしょに遊ぶだけで食事は与《あた》えられない、親は殺《ころ》されるって聞いてきたけれど…。」

「そうです。その通りです。わたしったらあんまりうれしくて、うっかり忘《わす》れるところでした。」

女が、舌《した》をペロッとだしていいました。

「ぼくだって、そうさ。あんまりうれしかったものだから…。この作戦、成功《せいこう》するといいな。」

男が、胸《むね》をときめかせていいました。

「ついでに、もうひとつ、聞くけれど、大人たちは、銃弾《じゅうだん》が飛んでこないというだけで、学校を平和だとかんちがいしているらしいが、君たちも、そう思っているのかい?」

ピーターは、心にしこりのようにあった疑問《ぎもん》をたずねました。

「いいえ。思ってなどいません。町がちがうというだけで、いっしょに遊べない。勉強を教えてくれる先生がいない。平和どころか、子どもたちにとっては地獄《じごく》にひとしいでしょう。」

「町がちがっても、こうして、わたしたちが話せることが自然だもの。考えれば考えるほどへんなおきてだわ。なんとか、この町を生まれ変《か》わらせたいわね。」

「二人《ふたり》の気持ちを聞いて安心したさ。同じ感覚《かんかく》を持つ者どうしがリーダーなら、まちがいなし。必《かなら》ずや、結果《けっか》もついてくる。争いのない町、真に平和な学校の実現ができるだろう。君たちが手をとりあえば、きっとできる。きっと…。ところで、まだ、君たちの名前を聞いてなかった。」

ピーターは、若《わか》い二人《ふたり》にたずねました。

「わたしはたいら。」

「ぼくは、かず。」

「二人《ふたり》ともいい名前だなあ。自己紹介《しょうかい》が遅《おく》れたけれど、ぼくは、ピーターっていう。」

「あなた、童話の『ピーターパン』に似《に》てるわね。小さいころ、一度だけ読んだことがあったの。」

「よくいわれるさ。」

ピーターは、あわててごまかしました。

「この作戦、なんだか、うまくいきそうな予感《よかん》がするわ。」

「ああ、ぼくもだよ。」

二人《ふたり》は意気投合《いきとうごう》してほほえみました。

「おいおい、また、話してる。まあ、しかし、敵《てき》どうしのリーダーがなかよくできたら、結果《けっか》は良好だなあ。」

ピーターが、ぽんぽんはずんでいいました。

「それじゃあ。たいら、かず、約束《やくそく》だ。成功《せいこう》を祈《いの》る!」

というと、ピーターは空に舞《ま》い上がりました。

空を飛びながら、

(ぼくの剣《けん》のうでが泣《な》くなあ。せっかく、腕試《うでため》しにきたのに…。でも、武力《ぶりょく》で争ったら、結局《けっきょく》は、また、武力《ぶりょく》でおさえるしかなくなる。被害《ひがい》者はでるし、町の平和にはならない。これで、よかったんだよなあ。)

と、思いました。

「ピーターったら、考えたわね。」

エッちゃんはピーターの後を追いながら、感心していいました。

「ああ、まさか、剣《けん》を使わないなんて、予想外《よそうがい》の展開だった。ピーターは剣《けん》の名人だけど、頭もいい。すばらしい判断《はんだん》力に乾杯《かんぱい》だ。」

ジンも感心していいました。

　さて、ここは、エッちゃんの家です。ピーターが帰ると、

「よかった。無事だったんだね。みんな心配をしていたんだよ。ありがとう。」

と、ガリバーがいいました。

「ガリバー、喜ぶのはまだ早い。じつはね、結果《けっか》は、まだなんだ。東西の町の人々は、今日《きょう》一日、休戦《きゅうせん》している。明日が勝負なんだ。でも、おいら、頭《かしら》の二人《ふたり》を信じて戻《もど》ってきた。99パーセントは、

だいじょうぶだと思う。」

と、目をくりくりさせていいました。

「ぼくは、100パーセント戦争《せんそう》はおこらないと断言する。」

ジンが、キリッといい放《はな》ちました。

「その自信はどこから来るの？」

エッちゃんがたずねると、ジンは、口に手をあてて、

「それは、ひみつさ。」

と、答《こた》えました。

「でも、ふしぎねぇ。100年間も続いてきた争いを、どうやって休戦《きゅうせん》にしたの？」

ドロシーの質問《しつもん》に、ピーターは待ってましたとばかりに身を乗りだし、

「それはね…。」

と、語り始めました。ピーターが冒険《ぼうけん》の数々を話すと、その行動に、みんなは、感心するばかりでした。長ぐつをはいたねこは、

「ピーター、結果《けっか》はきっとだいじょうぶだ。君の瞳《ひとみ》が、そう語っておる。二人《ふたり》を信じたことで、事実《じじつ》は必《かなら》ずや、上向きになるじゃろう。危険《きけん》をかえりみず、戦地にいってくれたこと、感謝《かんしゃ》しておる。ほんとうにありがとう。」

「どういたしまして。」

ピーターは、はずかしそうにいいました。

「六度目の冒険《ぼうけん》も、成功《せいこう》ね。」

エッちゃんが、うれしそうにいいました。

空には、満天《まんてん》の星がかがやいていました。イチョウの木の上で、この様子《ようす》を見ていた王子さまは、

「ピーター、ありがとう！　君のおかげで、たくさんの命《いのち》が救《すく》われた。」

といって、しずかにほほえみました。

さて、この日、一日だけ休戦《きゅうせん》を誓《ちか》った東町と西町の人々ですが、その後、どうなったのでしょう。東西の人々は、約束《やくそく》通りに、銃《じゅう》をもたず、家で過ごしました。子どもたちは、銃弾《じゅうだん》が飛んでこないので、久しぶりに学校に行かず、家族と過ごしました。

こんなのどかな日は、何年ぶりだったでしょう。親たちは、自分の子どもが成長しているのに、目を丸くしました。

「たける、今、三年生だったよな？」

お父さんがいうと、たける君は、

「何をいってるんだ。ぼくは、もう六年生だよ。」

と、ぷくっとふくれてみせました。ほんとうは、元気なお父さんに会えて、どんなにうれしかったでしょう。お父さんは、

（戦争《せんそう》が続いて、息子《むすこ》とは、もう三年間も会ってなかったんだ。）

と、はっとしました。お母さんは手をあわせると、

（こんなおだやかな日が、ずっと続きますように…。）

と、祈《いの》りました。

どこの家庭でも、明るい笑《わら》い声がひびきました。東町の人々も西町の人々も、

「ぜいたくはいりません。戦争《せんそう》が終わって、ずっと、家族がいっしょに生活できますように。」

と、思いました。

次の朝、鳥の声で目がさめました。いつもだったら、こわい銃声《じゅうせい》で布団《ふとん》から飛びおきます。

西町の頭《かしら》が、みんなを集めていいました。

「争いは中止だ。東町の人が攻撃《こうげき》を仕かけてこないのだから、仕返しは必要《ひつよう》ない。」

といいました。西町の人々は、

「100年間の長い戦争《せんそう》は終わった。」

といって、拍手《はくしゅ》をしました。

東町の頭《かしら》が、みんなを集めていいました。

「争いは中止よ。西町の人が攻撃《こうげき》をしかけてこないのだから、仕返しは必要《ひつよう》ないわ。」

といいました。東町の人々は、

「100年間の長い戦争《せんそう》は終わった。」

といって、拍手《はくしゅ》をしました。

学校は、東西の子どもたちが集まり、いっしょに遊んだり、勉強したりできるようになりました。他の町から、先生も、やってきて、教えてくれました。エッちゃんが、自分の学校の先生たちに、

「緊急事態《きんきゅうじたい》発生！　学校に先生がひとりもいないの。今は、夏休みでしょう？　みんな助けて！」

と連絡《れんらく》をし、来てもらったのです。たくさんの先生方がかけつけ、子どもたちは、生まれて初めて授業《じゅぎょう》を受けました。

「わたし、いっぱい勉強して学校の先生になる。」

「ぼくは医者になって、けがや病気の人を救《すく》いたい。」

「おいらは、世界一のサッカー選手になる。」

子どもたちは、未来の夢を語りました。

休み時間には、東西の町の子どもたちがいっしょになり、手つなぎ鬼《おに》をしたり、ドッジボールをしたり、汗《あせ》を流しました。

給食は、お母さんたちがボランティアで集まり、子どもたちのために栄養《えいよう》たっぷりの食事をつくりました。だれかが、

「ねぇ、わたしたちも、ここで食事をしませんか？　顔も名前も知らないなんて、さびしすぎる。戦争《せんそう》も終わったことだし、のんびり、お話をしながら、いただきましょうよ。」

というと、みんな大賛成《さんせい》！　給食室のテーブルをかこんで、ペチャクチャ、ペチャクチャ、話は夕方まで続きました。子どもたちが、

「さよなら」

をすると、あわてて、

「あらまっ、たいへん。もうこんな時間だわ。すぐに、夕飯のしたくをしなくちゃ。主人が仕事から帰ってくる。みなさん、また、明日！」

といって、一気にきえました。学校は子どもたちと先生、お母さんたちの笑《わら》い声がひびき、息を吹《ふ》き返しました。

そうそう、保健室には、大量の薬が運ばれました。隣《となり》町から、お医者さんもやってきて、戦《せん》争《そう》で傷《きず》ついた兵隊《へいたい》さんたちの手当てを行いました。ジンが、お父さんたちが持っていた銃《じゅう》を集め、骨董屋《こっとうや》さんに売ったら、かなりの金額《きんがく》になったのです。それを全て、薬にかえたのでした。

「明日から、戦争《せんそう》再開！」

なんて指示《しじ》がでても、兵隊《へいたい》さんたちには、武器がありませんでした。

ジンが、『100パーセント戦争《せんそう》は再開しない』と、自信たっぷりにいったのは、このためでした。

ここで、おまけの情報《じょうほう》がひとつ。よく聞いてくださいね。女の名前はたいらで、漢字にすると、『平』です。そして、男の名前はかずで、漢字にすると『和』です。二人《ふたり》合わせて平和となりました。だから、出会った時から相性《あいしょう》も抜群《ばつぐん》だったのかもしれません。

さて、平と和はどうしたかって？　そんなこと、わかりません。みなさんのご想像《そうぞう》におまかせします。

12　イワンの冒険《ぼうけん》

　五日目の朝、ぽつりと、しずくがひとつ、ツバメの背中《せなか》に落ちました。ツバメは、上を向くと、王子さまに、

「なぜ、泣いてるの?」

と、たずねました。

「あんまりなげかわしいものだから。」

と、王子さまはためいきをつきました。

「あの岩の上で、ひとりの若者《わかもの》が泣《な》いている。劇の照明《しょうめい》を担当《たんとう》しているのだが、大きな舞台《ぶたい》で失敗《しっぱい》をしてしまい、監督《かんとく》にひどくしかられて落ちこんでいる。かわいいツバメよ。若者《わかもの》のもとへ、だれかを送りこみ、生きる希望《きぼう》を与《あた》えておくれ。」

と、王子はツバメにたのみました。

ツバメが飛んできて、エッちゃんの家のチャイムをつつきました。七度目のおつかいです。

「照明《しょうめい》を担当《たんとう》している若者《わかもの》が、大きな舞台《ぶたい》で失敗《しっぱい》をしてしまい、落ちこんでいます。だれか、行って元気づけられる人はいますか？」

「今度こそ、わたしに行かせてください。みんなの冒険《ぼうけん》を聞いていたら、もう一時《いっとき》も待っていられなくなってしまったのです。あまり、自信はないけれど…。」

「イワン、君なら、きっとだいじょうぶじゃよ。ガリバー、いいよな？」

長ぐつをはいたねこがたしかめるようにいうと、ガリバーは、

「もちろんです。」

と、力強くいいました。

エッちゃんはほうきをだすとイワンを乗せて、

「のこぎり岩に出発！」

といって、空に浮《う》かび上がりました。ジンは、

「のこぎり岩？　まさか、自殺《じさつ》なんてことはないよなあ。」

というと、あわてて飛び乗りました。ツバメの案内《あんない》で、のこぎり岩めざしてひとっとび。大きな海を渡《わた》ると、やがて、のこぎり岩の上に着きました。

若者《わかもの》は、岩の上に頭をたれてすわっていました。1メートル先は、断崖絶壁《だんがいぜっぺき》。100メートル下には、エメラルド色の海が広がっています。

波が岩にはね返され、白いあぶくをつくっていました。水面をよく見ると、人食いザメが口をあけ、えさを待っているかのようでした。時折、とがった銀色の歯が光って見えます。サメは、まるまるとふとっており、不気味に感じられました。

ここは、自殺《じさつ》の名所、『サメ岬《みさき》』とよばれ、自殺《じさつ》スポットナンバーワンを誇《ほこ》っていました。しかし、自殺《じさつ》なんて、誇《ほこ》っていいはずがありません。町の人々は、この事実《じじつ》を悲しく思っていました。

「よし!」

イワンは覚悟《かくご》をきめ、若者《わかもの》に声をかけようとおそるおそる近よりました。しかし、全く声がでません。びっくりして、海に飛びこまれたらたいへんです。

イワンの足は、若者《わかもの》のわずか30センチ後方でピタッと、止まりました。こんなに近寄《ちかよ》っているのに、若者《わかもの》は、人の気配《けはい》を感じないようで、姿勢《しせい》を全く変《か》えません。

イワンは、目を閉《と》じて大きく深呼吸《しんこきゅう》すると、心を落ち着かせました。

勇気《ゆうき》をだして、もう一度挑戦《ちょうせん》です。ここで、くじけていたら、何も解決《かいけつ》しないのです。

「あの…。」

人の気配《けはい》を感じたのか、若者《わかもの》は、おどろいて後ろをふり返りました。イワンを見上げる瞳《ひとみ》は涙《なみだ》でぬれ、目の回りは赤くはれ上がっていました。

「こんにちは。急に声をかけて、ごめんよ。でも、決してあやしい者じゃないさ。わたしは、通りすがりの、ただの旅人《たびびと》だ。君のことが心配で、声をかけた。」

「心配って？」

若者《わかもの》は、ふしぎに思いました。

「ここは、自殺《じさつ》のスポット、ナンバーワンにあげられているだろう？　君に、もしものことがあったら、たいへんだと思ったんだ。」

「顔も名前も知らないぼくのために？」

若者《わかもの》のふしぎは、さらに大きくなりました。

「そうさ。当たり前じゃないか。」

「当たり前？　あなたにとって、ぼくは全くの他人《たにん》だよ。」

若者《わかもの》は、他人《たにん》を強調していいました。

「あのね、他人《たにん》といっても、わたしと君は同じ人間《にんげん》なんだ。人間《にんげん》なんて、みんな友だちみたいなものだ。えっと、『人類はみな兄弟』って、ことわざを聞いたことはない？」

「どこかで聞いたことはあるさ。でも、そんなのは、理想の世界のことだ。現じつは、そんなに甘《あま》くない。」

というと、若者《わかもの》はにぎりこぶしを固《かた》くしました。

「まあ、そう、きめつけるなよ。この世は、なかなかいいものさ。」

「ぼくは、ふしぎでたまらない。他人《たにん》のあなたが、ぼくのことを、どうしてこんなに心配するのか…。あなたはぼくを全く知らない。もし、ここで、ぼくが命《いのち》を落としても、悲しくなんてないはずだろう。」

若者《わかもの》の涙《なみだ》は、いつの間にか、すっかりかわいていました。

「それは、ちがう。君が命《いのち》を落としたら、どんなに悲しいだろう。君の命《いのち》は家族のものであり、友だちのものであり、そして、地球《ちきゅう》みんなのものでもあるんだ。せっかく生まれてきた命《いのち》を、むだにしてはならない。」

「あなたは、やさしすぎる。ぼくのことは忘《わす》れてください。」

というと、若者《わかもの》は海に向《む》かって、ゆっくりと歩きだしました。

その気配《けはい》を感じてか、海では、サメたちが白い歯をむきだしにして上を見上げています。まるで、獲物《えもの》を待っているかのように見えました。なまり色の空では、カモメが、不気味な声で鳴きました。

「やめろ!」

あと一歩で真っ逆《さか》さまというところで、イワンが若者《わかもの》に飛びかかりました。危機一髪《ききいっぱつ》。二つのかたまりは、死《し》の海を前に止まりました。でも、少し動いたら、岩が割《わ》れて、二人《ふたり》とも海に落ちてしまうでしょう。

「死《し》なせてください!」

と、あばれる若者《わかもの》の手をとって、三メートルほど後方にひきずりました。イワンの方が少しだけ力が強かったのです。いや、正確《せいかく》にいうと、若者《わかもの》はあまりの恐怖《きょうふ》のため、力が残されていなかったのです。

「死《し》なせてくれたらよかったのに…。」

若者《わかもの》は、イワンの胸《むね》で、大粒《おおつぶ》の涙《なみだ》をこぼして泣《な》きました。

「そんなこと、できるわけがないだろう。君はこの世に必要《ひつよう》だから生まれてきた。勝手《かって》に命《いのち》を落としたら、かみさまがおこって、地球《ちきゅう》に天罰《てんばつ》をくだすにちがいない。ああ、泣《な》きたいだけ泣《な》けばいいさ。」

「うっ、うっ、どうしてなんだろう。あなたに抱《だ》かれていたら、涙《なみだ》があふれて止まらない。次から次へと流れてくる。うわあ、わあ、わあ…。うっ、うっ…、あれっ、でも、これはいつもの悲しい涙《なみだ》とちがう。泣《な》くほど、心が熱くなる。へんだなあ。」

といいながら、若者《わかもの》は、また、赤ん坊《ぼう》のように泣《な》きじゃくりました。

イワンは、その間中、赤ん坊《ぼう》をあやすように、若者《わかもの》の背中《せなか》をやさしくトントンとたたきました。

若者《わかもの》の心は、少しずつ落ち着いていくようでした。顔をあげると、

「これは、まぎれもなく、うれし涙《なみだ》だ。なんだろう、この気持ち…。どんどん大きくなる。あなたは、まるで春のひざしのようだ。他人《たにん》のぼくに、やさしすぎる。」

「やさしいのではなく、当たり前のことだ。目の前に、命《いのち》を落とそうとしてる人がいたら、だれだって止めるさ。何よりも、わたしたちは、こうして抱《だ》き合っている。もう、他人《たにん》なんかじゃなく、立派《りっぱ》な友だちなんだ。だから、君のことを忘《わす》れろといっても、無理《むり》な話さ。記憶《きおく》は、『きえろ!』と命令《めいれい》をして、かんたんにきえるものではないからね。」

「…。」

若者《わかもの》は口を結《むす》んだまま、しばらくうつむいていました。

少しして、イワンはたずねました。

「君は、生きたいとさけんでいる命《いのち》の息を、とめられるのか?」

「ぼくは、毎日、『死《し》にたい!』と思ってここへ来ていた。だのに、こわくて死《し》ぬこともできない。下を見ると、ぶるぶるとふるえるんだ。ぼくは、生きることにも疲《つか》れたし、かといって死《し》ぬこ

ともできない。弱虫な男さ。」

「ちがうよ、ちがう。断《だん》じて、君は弱虫なんかじゃない。わたしは、自殺《じさつ》する人を勇気《ゆうき》があるとは思わないからね。」

イワンは、若者《わかもの》の瞳《ひとみ》を見つめていいました。

「弱虫じゃない？　このぼくが…。」

若者《わかもの》は、おどろいてたずねました。

「そうさ。『死《し》ねない』という選択《せんたく》は、弱虫にはできない。わずかだけれど、まだ、生きようとしているわけだろう。死《し》ぬことこそが負け犬なんだよ。つまり、弱虫さ。だから、君は決して弱虫じゃない。」

「…。」

「そんなことより、君にはきちんとした理由《りゆう》があるはずさ。それが肝心《かんじん》なんだ。そういえば、まだ、聞いてなかった。通りすがりのわたしでよければ、聞かせてもらえるかい。あっ、でも、いやならいいんだよ。」

「あなたは、とつぜん、ぼくの目の前にあらわれて、話を聞こうとしてくれる。何の得《とく》にもならないのに…。あなたなら、何でも話せそうな気がする。」

若者《わかもの》の瞳《ひとみ》に、一瞬《いっしゅん》、光が差《さ》しこみました。

「なやみっていうのは、ひとりでかかえていると、水をふくんでどんどん重くなるものだ。はき出すと、楽になるかもしれないよ。自己紹介《しょうかい》が遅《おく》れたけれど、わたしの名前は『イワン』という。」

「ありがとう。ぼくの名前はワタル。この春、高校を卒業して、演劇《えんげき》の仕事に興味《きょうみ》を持ち、今の仕事についた。」

ワタルの声は、明るくなっていました。

「今の仕事？」

「ごめん、まだ、いってなかった。照明《しょうめい》の仕事さ。ほんとうは、俳優《はいゆう》になりたかったんだけど、三ヶ月ほどすると無理《むり》なことに気づき、照明《しょうめい》にうつったんだ。」

「演劇《えんげき》か、いいよなあ。みんながあこがれる世界だ。でも、俳優《はいゆう》をめざしてたのに、どうしてやめちゃったの？」

「ああ、台詞《せりふ》がうまくいえないんだよ。せっかく覚《おぼ》えても、いざ本番になると、頭が真っ白になってでてこない。監督《かんとく》にはどなられるし、みんなにも迷惑《めいわく》をかける。自分には才能《さいのう》がないからと、照明《しょうめい》にかわったんだ。」

「そうか、君の気持ちは、よーくわかるよ。わたしも覚《おぼ》えるのは、大の苦手《にがて》だからね。」

イワンが笑《わら》っていうと、ワタルも少しだけ笑《わら》ったようでした。

「照明《しょうめい》の仕事にうつり、まだ一ヶ月ちょっと。ここでも、失敗《しっぱい》しちゃってね。ラストのいちばん大切《たいせつ》なシーンで、スポットライトを当てる場所をまちがえてしまったんだ。監督《かんとく》からは、『おまえは、俳優《はいゆう》をやっても、照明《しょうめい》をやってもだめ。このままじゃ、何をやっても変《か》わらない。一週間の休みをやるから、出直してこい！』と、どなられた。ぼくは、必死《ひっし》で考えた。考えて、考えて、考えたぬいた末にだした結論《けつろん》がここだった。」

「死《し》のうと思ったんだね。」

イワンの言葉に、ワタルは大きくうなずいていいました。

「ええ、ぼくは何をやってもだめ。才能《さいのう》がないんだ。生きていても、意味がない。それならいっそのこと、死《し》のうと思い、ここへ来たってわけです。」

「つらかったね。続《つづ》けて二度も失敗《しっぱい》して、どなられたら、だれだって自信をなくすだろう。君の気持ちはよくわかる。でも、失敗《しっぱい》してしまったことを後悔《こうかい》しても、何も始まらない。こぼれてしまったミルクを、いくらなげいても、コップにもどすことはできないだろう。なげくのは時間のむださ。」

「うん…。」

「それに、なげくという行為《こうい》は自分自身を責《せ》めることになるので、生きていくことがつらくなる。『あの時、失敗《しっぱい》さえしなければ…自分のせいで、演劇《えんげき》は失敗《しっぱい》に終わってしまった。死《し》んでおわびしよう。』なんてね。なげきは、どんどん自分を追いこんで破滅《はめつ》させる。周《まわ》りが見えなくなっているので、ひとりで暴走《ぼうそう》し、気づいた時には手遅《おく》れさ。サトル、君は今、必要以上《ひつよういじょう》に自分を責《せ》めて命《いのち》を絶《た》とうとしている。」

「今のぼくには、何もできない。だから、せめて、死《し》んでおわびをしたい。ただ、それだけさ。」

というと、サトルは首を大きく横にふりました。

「それじゃ、質問《しつもん》しよう。君が死《し》んで、何かプラスになることはあるかい？」

「うーん…。」

サトルは、考えこみました。

「サトル、舞台《ぶたい》はもう終わってしまったんだ。もう巻《ま》き戻《もど》せない。失敗《しっぱい》する前にタイムスリップして、もう一度挑戦《ちょうせん》できたら、どんなにいいだろう。でも、残念《ざんねん》ながら、時間を巻《ま》き戻《もど》すことはできない。つまり、酷《こく》なことをいうようだが、君の犯《おか》した失敗《しっぱい》は、どうあがいたってきえないんだよ。たとえ、君が死《し》んでも…。」

「うっ、うっ…。」

サトルは、イワンの言葉にもがきました。イワンの言葉は、サトルの心を、メスのようにきりつけたからです。両手を大きく広げると、とつぜん、なまり色の空を見あげました。しばらくすると、サトルの瞳《ひとみ》に、水がわきあがり、岩の上に落ちました。

「はっきりといおう。君の死《し》でプラスになるものは何もない。あるとしたら、君のプライドだなあ。自分の失敗《しっぱい》を死《し》んでおわびしたという、誇《ほこ》らしい気持ちだけだ。劇団《げきだん》の人たちは、君の死《し》に戸惑《まど》い悲しみにくれるだろう。今まで、いっしょに働《はたら》いていた同僚《どうりょう》が、とつぜん命《いのち》をたってしまったんだからね。その上、君の自殺《じさつ》をマスコミにとりあげられ、劇団《げきだん》は混乱《こんらん》を巻《ま》きおこすだろう。うわさが広がると、死《し》者をだした劇団《げきだん》には、観客は足を運ばなくなる。お客がいない劇団《げきだん》は公演《こうえん》をしても意味がない。もしかしたら、劇団《げきだん》は解散《かいさん》になるかもしれない。君はおわびをするつもりでも、めいわくなだけだと思うがなあ。あとは、君の家族さ。君の就職《しゅうしょく》を喜んでいたのもつかのま、どんなに悲しむだろう。いや、悲しむのとは、ちがう。そんな冷静《れいせい》なものじゃない。気がくるってしまう程《ほど》のショックを与《あた》えるだろう。わたしには、君の死《し》が自分勝手《かって》に思えてならない。」

というと、イワンはサトルの瞳《ひとみ》をじっと見つめました。

「…。」

「なんて、立派《りっぱ》なことをいってごめん…。君だって、こんなことは、わかっていると思う。わかっていても、くよくよしてしまうのが人間《にんげん》なんだ。ほんとうのつらさは、君しかわからない。他《た》人《にん》にとっては、たいしたことなくても、本人にとっては、がまんできないほどつらかったりする。たぶん、ここに来るまでに、食欲《しょくよく》がなくなったり、夜、ねむれなかったりしただろう。だから、君は自殺《じさつ》まで考えた。立場が逆転していたら、わたしだって、サトルと同じように落ちこんで自《じ》殺《さつ》を考えたかもしれない。ただ、わたしは、サトルより、少しだけ長く生きて経験《けいけん》もしてきたから、あえていわせてもらった。」

イワンは、今までのことを思いだしたようにいいました。

「イワンには、ぼくの心が見えるのかい?」

サトルが、おどろいていいました。

「よーく、見えるさ。わたしだって、この年になるまで、失敗《しっぱい》をたくさん重ねてきたからね。おそらく失敗《しっぱい》の数はだれにも負けないだろう。たぶん、サトルの何十倍《ばい》もある。でも、こうしてしぶとく生きている。失敗《しっぱい》の数だけ、年もとった。ついでに、あははっ、顔にもシワがよった。だが、失敗《しっぱい》のおかげで、いろいろなことを深く思考できるようにもなった。こうして、人の心も見えるようになったというわけだよ。」

というと、イワンはにこっとしました。

「そうか。」

「成功《せいこう》ばかりして失敗《しっぱい》がなかったら、今の自分はなかったなあ。わたしは、失敗《しっぱい》によってつくられた。人間《にんげん》は、みな同じだと思うよ。失敗《しっぱい》しない人がいたら、それは人間《にんげん》じゃないなあ。人生《じんせい》の先輩《せんぱい》から、アドバイスをひとつ。失敗《しっぱい》をバネにして立ち上がるといい。」

というと、イワンは、岩の上でポンと飛び上がって見せました。

「失敗《しっぱい》をおそれちゃいけないってことだね。」

「ああ、どんどん失敗《しっぱい》していいのさ。失敗《しっぱい》のたびになやんで自殺《じさつ》していたら、人間界《にんげんかい》は自殺《じさつ》でいっぱいだ。わたしは、30回も死《し》ぬことになるなあ。あははっ…。」

「笑《わら》わせないでください。」

サトルは、クスクス笑《わら》いました。その時、なまり色の空から、お日さまが顔をだし、二人《ふたり》を照らしました。

「サトル、こう考えられなくはないか？　監督《かんとく》さんは、サトルに出直してこいといい、一週間の休暇《きゅうか》をくれた。つまり、君に期待《きたい》をしているのではないだろうか。失望《しつぼう》していたら、休暇《きゅうか》とはいわず、その場でくびにするはずだ。」

「そうか。」

サトルの瞳《ひとみ》が光りました。

「サトルに才能《さいのう》があるから、それに気づいてほしいから、休暇宣言《きゅうかせんげん》をしたのだと思うよ。それが、監督《かんとく》の心の声であり必死《ひっし》の願《ねが》いだ。わたしにはわかるんだ。決して、もう二度と来るなといってるわけではない。」

「そうか。」

サトルの瞳《ひとみ》が、さらに強く光りました。

「あれっ、へんだなあ。ついさっきまで、心の中はどしゃぶりだったのに、お日さまがでてきたみたい。死《し》ぬのがばかばかしくなってきたよ。」

サトルの言葉に、海にいた人食いザメの大群《たいぐん》は沖《おき》へきえていきました。１００メートル上のこの声がキャッチできたとしたら、サメの聴力《ちょうりょく》はばつぐんということになりましょう。

「よかった。それで、これから、どうする？」

イワンは、ほっとしてたずねました。

「照明《しょうめい》の仕事に専念《せんねん》するさ。俳優《はいゆう》たちがかがやくような照明係《しょうめいがかり》になる。そして、いつか、ぼくも、俳優《はいゆう》になりたい。照明《しょうめい》をしながら、俳優《はいゆう》の勉強をするんだ。これからも失敗《しっぱい》があると思うけど、もうくよくよしない。なやんでいるひまなんてないんだ。前を向き、がむしゃらに努力《どりょく》するよ。だって、夢《ゆめ》はかなうものではなく、かなえるものでしょう？」

「その通りさ。わたしも、夢《ゆめ》をかなえたくなってきたよ。」

イワンは、うれしそうにいいました。

「イワンの夢《ゆめ》、教えて？」

「いいよ。だけど、だれにも知られたくないんだ。耳をかして？」

イワンは、ワタルの耳元でささやきました。

「えっ、すごい！」

サトルは、さけびました。

「だろう？」

「ぼく、応援《おうえん》するよ。」

「ありがとう。サトル。わたしも君の夢《ゆめ》を応援《おうえん》している。それじゃあな。」

「さよなら。」

というと、サトルは、海と反対の方に向《む》かって歩きだしました。いつの間にか、なまり色の雲は青色に変《か》わっていました。雲ひとつない青い青い空でした。

帰り道、エッちゃんは、

「イワンの夢《ゆめ》教えて？」

と、たずねてみました。すると、イワンは顔を真っ赤にして、

「それだけは許《ゆる》してください。」

と、いいました。

一体、どんな夢《ゆめ》なのでしょう。ますます知りたくなってきたところですが、悪《あ》しからず。無《む》理《り》のようなので、みなさんのご想像《そうぞう》におまかせします。


さて、ここは、エッちゃんの家です。イワンが帰ると、

「よかった。イワンの生《き》まじめさが、若者《わかもの》の命《いのち》を救《すく》った。」

ジンが感心していいました。

「イワン、君のおかげで、ひとりの若者《わかもの》が、夢《ゆめ》に向《む》かって歩き始めた。後ろをふり返らず、前を向いて歩く大切《たいせつ》さを学んだようじゃ。ほんとうに、ありがとう。」

長ぐつをはいたねこが、たばこをふかしながらいいました。

「どうしたしまして。ほんとうのことをいうと、わたしにできるかどうか、不安《ふあん》でいっぱいでした。今は、ほっとした気分です。じつをいうと、今回の冒険《ぼうけん》で、忘《わす》れかけていた自分の夢《ゆめ》を思いだし、努力《どりょく》してみたいと思うようになりました。感謝《かんしゃ》するのは、わたしの方です。」

イワンは、顔をバラ色にそめていいました。

「七度目の冒険《ぼうけん》も、成功《せいこう》ね。」

エッちゃんが、うれしそうにいいました。


空には、いちばん星が金色にかがやいていました。イチョウの木の上で、この様子《ようす》を見ていた王子さまは、

「イワンや、ありがとう！　君のおかげで、尊《とうと》いひとつの命《いのち》が救《すく》われた。」

といって、しずかにほほえみました。

一週間たち、若者《わかもの》が劇団《げきだん》に顔をだすと、監督《かんとく》さんは何もいわず、

「ワタル、よく読んでおきなさい。あさってからの公演《こうえん》だ。」

といって、分厚《ぶあつ》い台本をポンと渡しました。

「はい、がんばります。」

ワタルは、気合いを入れて答《こた》えました。

照明係《しょうめいがかり》は脇役《わきやく》で、ちっともはなやかな仕事ではありません。でも、演劇《えんげき》を成功《せいこう》させるためには必要《ひつよう》な仕事です。もし、スポットライトがなかったら、役者はかがやきません。光のない舞台《ぶたい》は、もはや、演劇《えんげき》として成立しないでしょう。ワタルは、ここまで考えて、

(人をかがやかせることが、自分の役目。それが、ぼくの照明係《しょうめいがかり》としての使命《しめい》なんだ!)

と、気づいたのです。

ワタルは、深夜まで、台本を読み、二日後の公演《こうえん》では、スポットライトの役を確実《かくじつ》にこなし、公演《こうえん》は大成功《せいこう》に終わりました。

「ワタル、よくやった! わたしは、君なら、ぜったいにだいじょうぶだと確信《かくしん》していたよ。演《えん》劇《げき》では、照明係《しょうめいがかり》は脇役《わきやく》かもしれぬ。でも、ワタルの人生《じんせい》の中では、君が主役さ。人生《じんせい》こそが、ほんものの舞台《ぶたい》ではないか。ほんとうに、今日《きょう》の照明《しょうめい》はすばらしかった。」

監督《かんとく》が手をたたくと、周《まわ》りにいた役者や係の人たちもやってきて、次々と手をたたきました。ワタルの周《まわ》りを囲《かこ》むように輪《わ》ができ、惜《お》しみない拍手《はくしゅ》を送っています。今や、ワタルが主役でした。

監督《かんとく》さんは声の調子《ちょうし》を変《か》えずに、

「いつか、役者として、舞台《ぶたい》にたってみないか? もし、やる気があればだが…。」

と、しずかにいいました。ワタルは、

「ありがとうございます。ぜひ、やらせてください。その日がいつ来てもいいように、たくさん勉強します。目の前に、立派《りっぱ》なお手本がありますからね。みなさんから学びたいと思っています。」

と、答《こた》えました。

13　ガリバーの冒険《ぼうけん》

六日目の朝、ぽつりと、しずくがひとつ、ツバメの背中《せなか》に落ちました。ツバメは、上を向くと、王子さまに、

「なぜ、泣いてるの?」

と、たずねました。

「あんまり心がいたむものだから。」

と、王子さまはためいきをつきました。

「あの家の二階で、ひとりの少年が泣《な》いている。今まで仲《なか》のよかった両親が、とつぜん別れることになってしまったのだ。かわいいツバメよ。少年のもとへ、だれかを送りこみ、生きる希望《きぼう》を与《あた》えておくれ。」

と、王子はツバメにたのみました。

　ツバメが飛んできて、エッちゃんの家のチャイムをつつきました。八度目のおつかいです。

「両親が別れることになり、泣《な》いている少年がいます。だれか、行って元気づけられる人はいますか？」

「ガリバー、どうする？　あと、残っているのは、わしたち二人《ふたり》だけじゃ。」

長ぐつをはいたねこがガリバーを見ると、ガリバーは、

「わたしに行かせてください。そのために、今朝《けさ》は、いつもより、たくさん食べました。」

といって、立ち上がりました。

「そういえば、ガリバーったら、お茶わんに五杯《はい》もおかわりをしてた。」

エッちゃんが納得《なっとく》したようにいいました。今日《きょう》の冒険《ぼうけん》を、朝から、きめていたようです。

　エッちゃんはほうきをだすとガリバーを乗せて、

「かわいそうな少年の家に出発！」

といって、空に浮《う》かび上がりました。ジンは、

「間に合ってよかった」

というと、あわてて飛び乗りました。昨晩《さくばん》、ジンの頭に、とつぜん、

「自分の人生《じんせい》はこれでいいのか？」

なんて疑問《ぎもん》がわきあがり、ねむれなくなってしまったのです。ねむりについたのが、朝方でした。サトルのことが、頭から離《はな》れなくなっていたのです。

ツバメの案内《あんない》で、少年の家をめざしてひとっとび。スカイタワーをこすと、やがて、少年の家に着きました。

少年は、ベッドの上でねころんでいました。うまい具合《ぐあい》に、窓《まど》があいています。ジンがニャーニャー鳴くと、少年は窓《まど》の方に顔を向けました。

「えっ、ガリバー？」

といいながら、少年は夢《ゆめ》でも見ているのかしらと思いました。赤いベストでわかったのです。

「そうだよ。君がそうとう落ちこんでいる。元気がないと聞いて、やってきた。」

「ぼくを助けてくれるの？」

「ああ、そうさ。わたしに、なにかできることある？　その前に、君の名前は？」

「勝也《かつや》っていうんだ。みんなから、かっちゃんて呼《よ》ばれてる。」

かっちゃんは、バンビのような瞳《ひとみ》を、くりくりさせていいました。

「勝也《かつや》かあ。なんて、勇《ゆう》かんな名前だろうう。」

ガリバーが感心していいました。

「ありがとう。」

「さっそくだが、かっちゃん、わたしにできることあるかい？」

「ぼく、とってもなやんでる。真剣《しんけん》に考えていると、夜もねむれないんだ。ぐっすりねむれるようにしてほしい。」

かっちゃんは、ねむい目をこすっていいました。

「なんだ、そんな、かんたんなことか。一日中おきていれば、いつかは疲《つか》れはててねむる。」

「ちがう。ぼくのなやみは、そんな単純《たんじゅん》なことじゃない。」

かっちゃんは、首を大きく横にふっていいました。

「あははっ、それじゃ、何？」

「パパとママがけんかしちゃって、別れるんだって。ぼくは、パパもママもどちらも好きなのに、どちらかひとりを選びなさいって…。」

かっちゃんは、うなだれていいました。それ以上《いじょう》いうと、悲しくて涙《なみだ》があふれそうになりました。

「そうか、それにしても、つらい決断《けつだん》だなあ。」

「でしょう？　いくら考えても、答《こた》えはでない。

パパは、ぼくをドライブに連れて行ってくれるし、ママは、おいしいお料理をつくってくれる。」

「そうだよな。」

ガリバーが、困《こま》ったようにいいました。

「きっと、パパにきめるとママは悲しがるし、ママにきめるとパパは悲しがる。どっちにしても、だれかが悲しい思いをする。そう思うと、何もいえないんだ。」

かっちゃんは、頭をかかえこむようにしていいました。

「かっちゃんは、すごいなあ。こんなに悲しい時なのに、自分の気持ちより、パパとママの気持ちを考えている。」

ガリバーがおどろいていいました。

「だって、もう六年生だよ。ぼくだって、相手《あいて》の気持ちくらい考えられるさ。」

「たのもしいなあ。」

ガリバーは、かっちゃんをまぶしそうに見つめました。

「それなのに、パパとママは、ぼくの気持ちなんて何も知らずに、『あなたは、はっきりしない子ね。早くきめなさい！』なんて、ぷりぷりしていうんだ。ねえ、ガリバー。君だったら、どうする？」

かっちゃんは自分のなやみを、そのままガリバーにぶつけてみました。

「ごはんとパンだったら選べるけれど、両親はなあ…。かっちゃんと同じで選べないと思う。」

ガリバーは、正直《しょうじき》に答《こた》えました。

「やっぱりなあ。」

かっちゃんは、自分と同じ返事に安心したような、けれど、このままじゃ困《こま》ったぞ、とでもいうように、大きなためいきをつきました。

うなだれて下を見ると、ガリバーは、ベッドの下に筒状《つつじょう》のものを見つけました。

「何か落ちてる。」

拾《ひろ》い上げてみると、乾電池《かんでんち》と豆電球でした。

「それ、理科の実験で使ったんだ。ずっとないと思っていたら、ベッドの下に落ちていたのか。」

次の瞬間《しゅんかん》、ガリバーが、

「わたしにいい考えがある。」

と、目を光らせました。

「何、何、何？」

かっちゃんは、ガリバーにつめよりました。

「あんまりあわてるなよ。自信はないが、とにかくかっちゃんのご両親に会わせてほしい。」

「今日《きょう》はちょうどお休みだから、二人《ふたり》ともリビングにいるよ。少し前だったら、休日は家族で動物園とか、ディズニーランドへ行ってたんだけど…。」

かっちゃんは、一瞬《いっしゅん》、悲しそうな表情《ひょうじょう》をしました。

ガリバーが案内《あんない》されてリビングへ行くと、ご両親は荷《に》づくりをしていました。引っ越《こ》しの準備《じゅんび》です。かっちゃんのいうとおり、離婚《りこん》は決定のようでした。

かっちゃんがガリバーを紹介《しょうかい》すると、

「とつぜん、何の用ですか？　どろぼうねこのように入りこんで、わたしたちに物をいおうなんて失礼《しつれい》です。」

ママが、ヒステリックな声を上げていいました。

「他人《たにん》の君に、わたしたち夫婦《ふうふ》の気持ちはわからない。」

パパが、黒ぶちのめがねを引き上げていいました。

「おっしゃる通り、わたしには、お二人《ふたり》の気持ちは全くわかりません。でも、ひとつだけたしかなことがあります。それは、あなたたちのお子さんであるかっちゃんは、あなた方をどちらも好きで、ひとりを選べないということです。12年間いっしょにくらしてきた生活は、おそらくひとことでは語れません。泣《な》いたり笑《わら》ったり、おこったり喜んだり、いろんな体験《たいけん》をしながら、かっちゃんは今日《きょう》まで生きてきました。成長してきたのです。お二人《ふたり》は、かっちゃんにとって、好きを通りこして、なくてはならない存在《そんざい》だと思うのです。それを、どちらかひとりにしぼれだなんて、ひどすぎます。」

ガリバーは、ひとことひとこと言葉をかみしめるようにいいました。

「そんなことは、わかっています。でも、これは夫婦《ふうふ》の問題《もんだい》です。」

パパは、きりっとしていいました。

「お二人《ふたり》に事情があることを承知《しょうち》で、あえて申《もう》しあげます。大人のけんかに、子どもを巻《ま》きこんでいいのでしょうか。」

ガリバーも、負けずにいいました。

「君は頭がくるっておるようだな。離婚《りこん》なんて、最近《さいきん》の世の中ではよくあることだ。決して、めずらしいことではない。わたしたちの自由にさせてくれ！」

パパは、とうとうおこってしまいました。しかし、ガリバーはひきません。

「よくあるからって、離婚《りこん》していいなんて考えは甘《あま》いのではないでしょうか。うまくいかなかったら、子どものために改善《かいぜん》してみる。今こそ、がまんと努力《どりょく》が必要《ひつよう》なのではないでしょうか。現代は、少しうまくいかないと、少しのがまんや努力《どりょく》をせずに別れてしまう。このままでいいのでしょうか。」

「いいも悪いもないよ。それが、結論《けつろん》なんだからしかたがないだろう。そんなことより、他人《たにん》の家庭に口をはさむ君の態度がおかしいよ。おせっかいもほどほどにしてくれ。」

パパのいかりは、さっきより強くなっていました。

「たとえ、おせっかいといわれようと、わたしはかっちゃんのためにいわせてもらいます。はっきりいわせてもらえば、子どもたちは犠牲者《ぎせいしゃ》です。このままいくと、世の中はわがままな大人たちが増え、さらに離婚《りこん》件数も増えていくでしょう。そりゃあ、しかたのない離婚《りこん》もあります。でも、防《ふせ》げる離婚《りこん》もあるのではないでしょうか？」

ガリバーは、かっちゃんとの約束《やくそく》があったので、このまま中途半端《ちゅうとはんぱ》にして引き下がれないと思いました。

「わたしたちの離婚《りこん》は防げる離婚《りこん》だと…?」

パパのいかりは頂点《ちょうてん》に達していました。

「それは、他人《たにん》のわたしには判断《はんだん》できません。でも、今一度、かっちゃんのために見つめ直してほしいと思っています。」

ガリバーは冷静《れいせい》に答《こた》えました。

「わたしたちが十分に考えてだした結論《けつろん》だ。何度、考えても同じだ!」

パパが、テーブルをたたいていいました。今、パパに何をいっても、むだなようでした。

「十分に考えられてだされた結論《けつろん》なら、もう何もいうことはありません。でも、子どもたちは親の背中《せなか》を見て育ちます。将来《しょうらい》、かっちゃんが結婚《けっこん》しうまくいかなくなった時、同じように離婚《りこん》するかもしれません。」

「…。」

両親はだまったまま。ガリバーは続《つづ》けました。

「ここでひとふんばりされたなら、将来《しょうらい》、かっちゃんの身に同じようなことがふりかかった時、あの時のパパとママは、ぼくのためにがんばったのだから、ぼくたちも子どものために離婚《りこん》は避《さ》けようということになるかもしれません。」

「…。」

やはり、両親はだまったままです。

「まれに、反面教師という考え方もあり、こんな経験《けいけん》をして悲しかったから、自分の子どもには同じ経験《けいけん》をさせないという考え方もありますが…。」

ガリバーはそういうと、また、続《つづ》けました。

「たいへん失礼《しつれい》ですが、どちらかが、ご病気や事故《じこ》で亡《な》くなられたというなら、がまんもできましょう。でも、二人《ふたり》とも健在《けんざい》なのです。考えてみてください。かけがいのない親を選ぶなんて、愛情《あいじょう》を注《そそ》がれてきた子どもができることでしょうか。」

「ええ、よく考えてみれば、かっちゃんにとって、想像《そうぞう》ができないほど、苦しい決断《けつだん》ね。わたしったら、そこまで考えていなかった。もっとかんたんに考えていた。」

ママが顔をゆがめていいました。

「これは、わたしを生んだスウィフトの話です。アイルランドのダブリンで生まれた時、お父さんはすでに亡《な》くなっていて、お母さんは、その数年後にイギリスのふるさとに帰ってしまいます。スウィフトは、両親がいなくなり、親せきに育てられたそうです。そりゃあ、さびしかったとは思うけれど、始めから両親をよく知らなかった分、失う愛情《あいじょう》もほとんどありませんでした。それと比《くら》べると、かっちゃんには12年間、二人《ふたり》の愛情《あいじょう》がたっぷり注《そそ》がれていたのです。どちらと生活をするにしても、心には想像《そうぞう》ができないほどの痛《いた》みが伴《ともな》うでしょうね。というのは、あくまでも、勝手《かって》な他人《たにん》の考えであって、決断《けつだん》をされるのはあなたがたです。」

というと、ガリバーは二人《ふたり》を見つめました。

「ええ。」

「もちろんです。」

二人《ふたり》は同時に答《こた》えました。

「くどくなってしまいましたが、わたしがいいたいことは、ただひとつ。今一度、離婚《りこん》について十分に話し合ってください。それでも、別れるというのであれば、親の選択《せんたく》をかっちゃんにさせず、ご両親の話し合いできめていただきたいと思います。わたしは、これで帰りますが、最《さい》後《ご》にひとつだけ、お見せしたいものがあります。」

というと、ガリバーは、赤いチョッキのポケットから乾電池《かんでんち》を取りだしました。

「これを見てください。今、豆電球は光っておりません。でも、こうして、プラスとマイナスにつなぐと、ほらっ、光るのです。わたしは、これを見た時、衝撃《しょうげき》が走りました。家族そのものだと思ったのです。」

「家族？」

ママがたずねました。

「ええ、家族です。豆電球は子ども。つまり、かっちゃんを表わします。乾電池《かんでんち》はご両親。つまり、プラスとマイナスは、どちらでもかまいませんが、パパさんとママさんを表わします。どちらが欠《か》けても、豆電球は光ません。今、かっちゃんにとって、お二人《ふたり》の存在《そんざい》が必要《ひつよう》なのです。」

「…。」

長い沈黙《ちんもく》が続きました。

　その沈黙《ちんもく》を破《やぶ》ったのは、かっちゃんでした。

「ぼく、パパとママといっしょにいたい。いられるんだったら、ゲームもいらない。夕飯だって、ひとりで食べる。宿題《しゅくだい》もする。どんなつらいこともがまんするよ。だから、三人がいい。」

といって、さけびました。瞳《ひとみ》には涙《なみだ》があふれ、今にもこぼれ落ちそうでした。

「パパ、もう一度、考えてみない？」

ママがいいました。

「ああ、じつは、わたしも今、そう思っていたところだよ。わたしは大学の仕事で帰りが遅《おそ》い。君もデザインの仕事で世界中を飛び回っている。二人《ふたり》とも仕事でいそがしくなり、かっちゃんのめんどうがみられなくなった。」

「ええ、次第に、かっちゃんは元気がなくなるし、そのせいで、学校の先生にはいろいろいわれるし、わたしもいらいらしていたのかもしれないわね。うまくいかないことは、全てパパのせいにしてきたけれど、よく考えてみたら、子育ては二人《ふたり》でするもの。ごめんなさい。わがままばかりいって…。わたし、責任《せきにん》のがれだったことに、今、気がついた。」

ママは、パパにあやまりました。

「わたしこそ、ごめんよ。子どものめんどうは女の人の仕事だなんて、ひと昔《むかし》のことをいってしまった。ママは、今や、売れっ子のデザイナーなのに、君の気持ちも理解《りかい》しようとしなかったよ。」

パパもあやまりました。

「かっちゃんの言葉で、目がさめたの。家族でいられるのだったら、どんなにつらいこともがまんするって…。かっちゃんにわたしたちが必要《ひつよう》なように、わたしにとってもかっちゃんが必要《ひつよう》なの。ひとりになったら、わたしはぜったいに後悔《こうかい》する。」

ママは、涙《なみだ》をぬぐっていいました。

「わたしもだよ。君とかっちゃんのいない生活を想像《そうぞう》するだけで、ぞっとするよ。」

パパの目にも、光るものがあふれました。

「かっちゃん、心配かけてごめんなさい。ママとパパ、別れないことにした。だって、わたしたちにとって、かっちゃんはかけがえのない宝物《たからもの》だもの。」

「これからも、よろしくな。ひとりの夕飯、だいじょうぶかい？　そうだ、また、ドライブいこうな。」

「パパとママが別れないなんて、まるで夢《ゆめ》みたいだ。ぼく、あきらめていたんだ。だから、とってもうれしい。ひとりの夕飯だったら、だいじょうぶ。パパとママがお仕事でがんばっていると思うと、さびしくなんてないよ。だって、明日で、12才なんだ。」

かっちゃんは、明るい声でいいました。

「うっかりしてた。明日は、かっちゃんの誕生日《たんじょう》。さっそく、お祝《いわ》いのケーキをつくりましょう。かっちゃんの大好きなイチゴをたっぷりとのせるわね。パパ、わたしたち、引っ越しの準備《じゅんび》をしている場合じゃない。」

「わたしは、かっちゃんとプレゼントを買いに行こう。何がいい？　ゲームがほしいっていってたな。」

「何もいらないよ。パパとママがいれば…。」

かっちゃんが笑顔《えがお》でいうと、パパは目を細めて、

「こいつ、かっこいいこといっちゃって…。いつの間にか成長したなあ。」

と、いいました。

「わたしたち、たいへんな過《あやま》ちを犯《おか》すところだったわね。そうだ、あの人、ガリバーにお礼《れい》をいわなくちゃ。」

ママは、あわててあっちこっちさがしましたが、どこにもいません。テーブルの上には、乾電《かんでん》池《ち》と豆電球がのせられて光っていました。

帰り道、ガリバーは、

「家族っていいものですね。わたしも結婚《けっこん》をしようかなあ?」

と、つぶやきました。エッちゃんが、

「好きな人はいるの?」

とたずねると、ガリバーは耳を真っ赤にして、

「いや、いません。」

と、答《こた》えました。ガリバーは、どんな人と結婚《けっこん》するのでしょう。子どもは何人生まれるのかしら?

なんて想像《そうぞう》すると、わくわくしてきます。

もし、そうなったら、ガリバーファミリーのお話が生まれそうですね。


さて、ここは、エッちゃんの家です。ガリバーが帰ると、

「よかった。ガリバーの熱意が、家族の離婚《りこん》を防《ふせ》いだ。しかし、あの乾電池《かんでんち》のアイディアはよかった。あれがなかったら、離婚《りこん》していたかもしれない。」

ジンが感心していいました。

「ええ、アイディアってものすごく大切《たいせつ》ね。何とかしなくちゃっていう思いが、ただの物を他のものにかえる。乾電池《かんでんち》が家族に見えるなんて、どこをさがしても、きっとガリバーだけよ。あの光を見たら、だれも離婚《りこん》できない。あたしもびっくり! それにしても、おそるべき発想力よ。」

エッちゃんが、目をまん丸にしていいました。

「たいしたことはありません。ただの偶然《ぐうぜん》です。」

ガリバーが照《て》れていいました。

「ガリバー、君のおかげで、ひとつの家族が危機《きき》を乗り越《こ》え、愛《あい》をあたため始めた。少年も元気

をとりもどし、明るく生きていくじゃろう。他の家族たちも、すぐに別れず、未来のある子どもたちのために、もう一度見つめ直せる世の中になるといいのだが…。ほんとうに、ありがとう。」

長ぐつをはいたねこが、頭を下げていいました。

「どうしたしまして。今回のことで、わたしも家族を持ちたいと思うようになりました。感謝《かんしゃ》するのは、わたしの方です。」

ガリバーは、ほおをバラ色にそめていいました。

「八度目の冒険《ぼうけん》も、成功《せいこう》ね。」

エッちゃんが、うれしそうにいいました。


イチョウの木の上で、この様子《ようす》を見ていた王子さまは、

「ガリバーや、ありがとう！　君のおかげで、ひとつの家族がばらばらにならずにすんだ。」

といって、しずかにほほえみました。

その時、イチョウの木の上で、カラスのたまごから、七つのひながかえりました。カラスの母さんは、

「家族がふえてうれしいわ。ちょうど七つだから、名前を、ゲツ・カ・スイ・モク・キン・ドー・ニチにしましょう。父さん、どう？」

と、たずねました。カラスの父さんはにっこりして、

「もちろん、賛成《さんせい》だ。だって、みんなを呼《よ》ぶ時は、一週間と呼《よ》べばいいんだからね。母さんは、頭がいいなあ。」

と、答《こた》えました。

14 長ぐつをはいたねこの冒険《ぼうけん》

七日目の朝、ぽつりと、しずくがひとつ、ツバメの背中《せなか》に落ちました。ツバメは、上を向くと、王子さまに、

「なぜ、泣いてるの?」

と、たずねました。

「苦しくて、息ができないものだから。」

と、王子さまはためいきをつきました。

「心がこおってしまい、何も感じなくなってしまった娘《むすめ》がいる。まるでロボットのようだ。かわいいツバメよ。娘《むすめ》のもとへ、だれかを送りこみ、生きる希望《きぼう》を与《あた》えておくれ。」

と、王子はツバメにたのみました。


　ツバメが飛んできて、エッちゃんの家のチャイムをつつきました。九度目のおつかいです。

「心がこおりついて、何も感じなくなってしまった娘《むすめ》がいます。だれか、行って元気づけられる人はいますか？」

「とうとう冒険《ぼうけん》も、今日《きょう》で終わり。心の問題《もんだい》を解決《かいけつ》する自信なんてないが、ラストは、わしが行かせてもらうことにしよう。」

長ぐつをはいたねこが、覚悟《かくご》をきめていいました。

「みんな、口では自信がないといっておきながら、次々と冒険《ぼうけん》を成功《せいこう》させている。ねこさんも、きっとだいじょうぶですよ。」

ピーターが明るくいいました。

「けんとうを祈《いの》ります！」

ガリバーがいうと、みんなはいっせいに、

「行ってらっしゃい！」

と手をふりました。長ぐつをはいたねこは、みんなの期待《きたい》を受け、一瞬《いっしゅん》、息ができなくなりそうでした。

　エッちゃんはほうきをだすと、長ぐつをはいたねこを乗せて、

「かわいそうな娘《むすめ》の家に出発！」

といって、空に浮《う》かび上がりました。ジンは、

「とうとう最後《さいご》か。長ぐつをはいたねこさんに、どんな冒険《ぼうけん》が待っているのだろう？」

というと、しんみりとした気持ちになりました。でも、同じねことしては興味《きょうみ》しんしんです。

ツバメの案内《あんない》で、娘《むすめ》の家をめざしてひとっとび。ホタルの里をこえ、アカガエルの池をこし、ひまわり公園をこすと、やがて、娘《むすめ》の家に着きました。家の前には、畑があり、ほおかぶりをした人が、せっせとトウモロコシの収穫《しゅうかく》をしていました。

「おはようございます。あの、とつぜんですが、この家に、心がこおってしまった娘《むすめ》さんはいますか？」

長ぐつをはいたねこがたずねると、女の人は、びっくりした顔で首を360度回転させ、話しかけてきた相手《あいて》を探《さが》しました。あたりには、ねこ以外《いがい》だれもいません。でも、まさか、ねこがしゃべるはずありません。空耳《そらみみ》にちがいないと思い、すぐに仕事を続《つづ》けました。その時、また、同じ声がしました。

「おはようございます。」

声の発信者は、まちがいなく目の前のねこです。女の人はほおかむりをとると、びっくりした顔でねこを見つめていいました。

「今、しゃべったのはあなた？　でも、ねこがしゃべるなんて…。しかも、二本足でたっている…。これは、まさにメルヘンの世界！　でも、一万分の一の確率《かくりつ》で、もしも現実だとしたら、あなたは、かみさまからのお使いでしょうか。」

「いいや、ただのねこじゃ。」

というと、長ぐつをはいたねこは照《て》れくさそうに笑《わら》いました。

「先ほどは、気づかずに失礼《しつれい》しました。この家に、もう長いこと、お客さんなどこなかったもので…。何かご用ですか？」

女の人は、まぶしそうに目の前のねこを見つめました。

「ああ、この家に、心がこおってしまった娘《むすめ》さんがいるって聞いて、いてもたってもいられなくなってしまったのじゃ。」

「そうでしたか。ねこさんが探《さが》しているのは、きっと、あやのことでしょう。わたしのひとり娘《むすめ》です。あやは、ひまわり公園にいます。しかし、めずらしいわねぇ。あやにお客さんがくるなんて…。あの日の事故以来《じこいらい》、初めてのことです。」

母親は、まるであの日を思いだしているかのように、遠くを見つめていいました。

「あの日って？」

長ぐつをはいたねこは、すかさずたずねました。

「わたしたちは、あの日、家族四人で旅行《りょこう》にでかけました。もう三年も前になります。高速道路を走っている時、対向車線《たいこうしゃせん》からトラックが飛びだしてきて、ぶつかりました。その後のことは、よく覚《おぼ》えていません。その事故《じこ》で、運転していた父さんとあの子の兄が亡《な》くなりました。きせきてきに、わたしたち母子《ははこ》が助かりました。あやは、狂《くる》ったように泣《な》きさけびました。でも、二人《ふたり》は戻《もど》ってきませんでした。あれ以来《いらい》、あやは、ひとことも口を開かなくなりました。笑《わら》いません。何をしても、表情《ひょうじょう》ひとつ変《か》えなくなりました。それまでは、学校でも評判《ひょうばん》のころころ笑《わら》う、それは明るい女の子だったんです。心がなくなってしまったのか、それとも、こおりついて働かなくなってしまったのか…。あの事故《じこ》を思い出すと、わたしでさえ、平静心《へいせいしん》を失《うしな》います。」

「愛《あい》する命《いのち》を同時に二つも失《うしな》って、さぞかし、つらかったことじゃろう。おくればせながら、お二人《ふたり》のご冥福《めいふく》をお祈《いの》りいたします。わしも、とつぜん、母を失《うしな》ったことがあるので、その悲しさはよくわかるつもりじゃ。母は、人間《にんげん》たちに、保健所へ連れて行かれました。あの日から、わしたちの生活は一変《ぺん》して暗くなった。」

長ぐつをはいたねこも、また、あの日を思いだしていました。

「ねこさんにも、つらい経験《けいけん》があったのですね。こうして考えると、世の中は、いいことばかりじゃない。そう思えてきます。わたしたちは、今まで、つらいのは、自分たちだけのような気がして、この三年間を生きてきました。」

「世の中ってそんなものじゃ。他の人の喜《よろこ》びはよく見えても、苦労《くろう》は全く見えない。『他人《たにん》の芝《しば》は青い』って諺《ことわざ》を知っているじゃろう？　時に、自分は、なんて不幸な星のもとに生まれたんだろうと卑屈《ひくつ》になったりする。…、ちがうかい？」

「ええ、その通りです。」

母親は、にっこりしました。

「あははっ、わしは、あなたより長いこと生きて、たくさんの体験《たいけん》をしているから、よくわかるのじゃ。年の功《こう》というものじゃな。卑屈《ひくつ》になることはしかたないよ。それが人間特有《にんげんとくゆう》の感情《かんじょう》だからな。しかしな、卑屈《ひくつ》というのは、字のごとく、『必要以上《ひつよういじょう》にゆがんだ感情《かんじょう》』なんじゃ。持ち続《つづ》けていると、世の中がまっすぐに見えなくなってしまう。何でも曲《ま》がった物の見方をしてしまうために、正しい情報《じょうほう》が入ってこない。そうなったら人間《にんげん》もねこも終わりじゃ。」

長ぐつをはいたねこは、自分にいい聞かせるようにさばさばといいました。

「ねこさんの話、とてもよくわかる。わたしのなやみが少しずつ解決《かいけつ》していきます。あなたは、心理《しんり》学の勉強でもされているのですか？」

「いいえ、勉強などしていないさ。全ては、今まで体験《たいけん》をして学んだことじゃ。あれっ、わしとしたことが、いつの間に、話が脱線《だっせん》してしまった。申《もう》し訳《わけ》ない。さっきの話の続きをしてもいいかい？」

「もちろんですとも。」

母親は、長ぐつをはいたねこと話しているうちに、心が軽くなっていくような気がしました。

「光栄《こうえい》じゃ。わしらは、幸運にも、生きている。せっかく与《あた》えられた命《いのち》を楽しまなくては、亡《な》くなった家族たちに申《もう》し訳《わけ》ない。おこってしまったことは、いくら嘆《なげ》いてもしかたがないんじゃ。新しい未来に向《む》かって、強く生きていかなければ…。」

長ぐつをはいたねこは、瞳《ひとみ》を光らせました。

「ええ。そうですね。」

母親は、すぐにうなずきました。うなずきながら、

（あれっ、へんねぇ。いつもだったら、返答に戸惑《とまど》うのに…。）

と、思いました。

「なんて、えらそうなことをいっても、なかなか実行できないというのが、現実じゃがね。」

長ぐつをはいたねこが笑《わら》っていうと、母親もいっしょに笑《わら》いました。

「さっき、お母さんは、あやちゃんの心がなくなってしまったのか、それとも、こおりついて働かなくなってしまったのかといわれた。これは、あくまでも、わしのかんじゃが、なくなったのではなく、一時的にこおらせているのだと思う。おそらく、あまりのショックのため、悲しむことを恐《おそ》れて、心を作動させることを避《さ》けているにちがいない。心を適温に戻《もど》せば、きっと天真《てんしん》爛漫《らんまん》な明るいあやちゃんに戻《もど》ることができるじゃろう。しかし、同時に、事故《じこ》のつらい体験《たいけん》も

よみがえってくる。つまり、命《いのち》を失《うしな》った悲しさも味わうことになる。強烈《きょうれつ》な心の痛《いた》みを避《さ》けるために、あやちゃんは、自らの心の温度を下げに下げ、反応しないよう冷凍《れいとう》状態にしているのじゃろう。だから、人形のように表情《ひょうじょう》がなくなっている。」

長ぐつをはいたねこの言葉が母親の心に入ると、止まっていた歯車のスイッチがオンになり、軽快な音をたて三年ぶりに回り始めました。


「あやちゃんに会ってきます。」

そういうと、長ぐつをはいたねこはひまわり公園へかけだしました。母親が、

「あやの顔はわかりますか?」

とたずねた時、姿《すがた》はありませんでした。ひまわり公園はとなりでしたので、すぐにつきました。

「どこにいるのだろう?」

長ぐつをはいたねこは、キョロキョロしながら公園を一周してみました。母親の心配をよそに、娘《むすめ》はすぐに見つかりました。さびしげな雰囲気《ふんいき》が漂《ただよ》っていたのです。

　あやちゃんは、ひとりでブランコをこいでいました。すらっとした細い体に、紺色《こんいろ》のゆかたがよくにあっていました。ブランコをこぐたびに、ココア色した長い髪《かみ》がさらさらとゆれます。色が白い上に、きゃしゃな体は、どこかしらはかなげで、風にとけてなくなるのではないかしらと思われました。

　長ぐつをはいたねこは、しばし時間を忘《わす》れ、ただぼんやりとながめていました。その時です。娘《むすめ》の体めがけて、石がとんできました。

「ちぇっ、また、いるよ。」

石をなげた少年がつぶやきました。

「何をしているんだ？　あたったら、あぶないじゃないか。」

長ぐつをはいたねこが、目を三角につりあげて注意すると、三人の少年は口々にいいました。

「だって、あの人、毎日、ひとりでああしてブランコをこいでいるんだ。声もださないし、表情《ひょうじょう》も変《か》えない。」

「まるで、ゆうれいみたいなんだもの。つい、気持ち悪くなって、石をなげてしまうんだ。」

「だけど、石をなげても、おこりもしない。だから、ますますこわくなって、また、なげてしまうんだ。」

三人の話がおわった時、長ぐつをはいたねこはたずねました。

「君たちは、とつぜん、石をなげられたらうれしいかい？」

「うれしくなんかないさ。」

「いやにきまっている。」

「あたったらいたいし、けがをする。この世に、石をなげられてうれしい人なんていないと思うよ。」

三人は、下を向いて答《こた》えました。

「それじゃ、やめた方がいい。自分がされてうれしくないことは、たいていの場合、相手《あいて》もうれしくないものじゃ。これからは、自分がされてうれしい事をしたらいい。」

ここまでいうと、長ぐつをはいたねこはいったん言葉を止め、三人の顔をかわるがわる見つめました。きびしい表情《ひょうじょう》で、

「二度としたらいけないよ。」

と続《つづ》けると、少年たちは、

「わかりました。」

と答《こた》えて、走り去りました。

　三人は、キツネにつままれたような、ふしぎな気持ちになりました。どうしてかって？　ねこと話をしたのは、初めての経験《けいけん》だったのです。


「こんにちは！　はじめまして。」

長ぐつをはいたねこは、娘《むすめ》に、できるだけ明るく声をかけました。でも、表情《ひょうじょう》ひとつ変《か》えません。娘《むすめ》にとってはいつものことでしたが、このままでは、話もできずに終わってしまうでしょう。

（なんとかしなければ…。）

長ぐつをはいたねこは、必死《ひっし》で考えました。すると、名案《めいあん》が浮かびました。

（そうだ！）

ねこさんは、袋《ふくろ》の中から、赤、黄、青、緑のドロップを取り出すと、手のひらにのせ歌いだしました。

「魔法《まほう》のドロップはいりませんか？　なめると、過去《かこ》にタイムスリップして、会いたい人に会えるのです。」

といいながら、公園を周《まわ》りました。頭の固《かた》い大人たちには、長ぐつをはいたねこの言葉はちんぷんかんぷんでしたし、子どもたちには歌の意味がわかっても、

「でたらめなことをいうねこだなあ。」

といって、相手《あいて》にしませんでした。

（やっぱり作戦は失敗《しっぱい》かあ。）

とあきらめかけた時です。

ブランコから飛び降《お》りた娘《むすめ》が、息をはずませてこちらにやってくるではありませんか。長ぐつをはいたねこは、一瞬《いっしゅん》、自分の目をうたがいました。何度もたしかめましたが、娘《むすめ》の姿《すがた》はどんどん大きくなり、自分の前でぴたっと止まりました。心の中で、

（おみごと！）

と、さけびました。娘《むすめ》は、手を差《さ》し出すと、

「ひ・と・つ」

と、くちびるでいいました。声は聞こえません。三年間も声をだしていないので、声のだし方を忘《わす》れてしまったのかもしれません。

「何ていったの？　もう一度。」

というと、娘《むすめ》はこくりとうなずいていいました。

「ひーとーつー。」

「すごいよ。声が聞こえた。もう一度、おなかに力を入れていってごらん？」

長ぐつをはいたねこは、うれしくなっていいました。

「ひーとーつー。」

「すごいよ。さっきより大きな声がでている。」

娘《むすめ》はほめられると、ほおを赤らめました。

「ひとつください。わたしには、とっても会いたい人がいるのです。三年もたってしまったのですが、だいじょうぶですか？」

娘《むすめ》は、自分でもおどろくほど長い言葉をつかえずにいいました。

「もちろんですとも。」

長ぐつをはいたねこは、にこにこしていいました。

「ドロップは、赤に黄に青に緑の四種類。何色にいたしましょう?」

「色によって、味はちがうのですか?」

「赤は蜜《みつ》のようにあまい味、黄はうっとりほろ酔《よ》いの味、青はちょっぴりほろ苦《にが》くてこうばしい。緑は目がさめるようなすっぱい味じゃよ。」

「赤にする。」

娘《むすめ》の白い手のひらに、夕日色したドロップがのりました。娘《むすめ》が、口にほおばると、どうでしょう。心には、お父さんとお母さんとお兄ちゃんと家族四人で、お誕生《たんじょう》会をしている風景《ふうけい》が広がりました。テーブルには、手づくりのいちごのケーキがのっていて、お兄ちゃんが、

「あや、お誕生《たんじょう》日、おめでとう!」

とクラッカーをならした時、心の画面は、すぐに止まってしまいました。

「どうして止まってしまったのかしら。」

娘《むすめ》は、ふしぎな顔でたずねました。

「赤いドロップは『よろこび』の表現《ひょうげん》なのじゃ。君が会いたい人は、赤だけじゃ映《うつ》しきれない。」

「それじゃ、黄色にする。」

娘《むすめ》の白い手のひらに、お日さま色したドロップがのりました。娘《むすめ》が、口にほおばると、どうでしょう。心には、お父さんとお母さんとお兄ちゃんと家族四人でキャンプをしている風景《ふうけい》が広がりました。空にはたくさんの星がかがやいていて、お父さんが、

「流れ星だ、あや、願《ねが》い事をするといい!」

といった時、心の画面は、すぐに止まってしまいました。

「どうして止まってしまったのかしら。」娘《むすめ》は、ふしぎな顔でたずねました。

「黄色ドロップは『楽しみ』の表現《ひょうげん》なのじゃ。君が会いたい人は、赤と黄だけじゃ映《うつ》しきれない。」

「それじゃ、緑にする。」

娘《むすめ》の白い手のひらに、はっぱ色したドロップがのりました。娘《むすめ》が、口にほおばると、どうでしょう。心には、お兄ちゃんとけんかして、お父さんとお母さんにしかられてる風景《ふうけい》が広がりました。

お兄ちゃんが、

「ぼくは悪くない。」

といい、家出をしようとしている時、心の画面は、すぐに止まってしまいました。

「どうしてしまったのかしら。」

娘《むすめ》は、ふしぎな顔でたずねました。

「緑色ドロップは『いかり』の表現《ひょうげん》なのじゃ。君が会いたい人は、赤、黄、緑だけじゃ映《うつ》しきれない。」

「それじゃ、青にする。」

娘《むすめ》の白い手のひらに、海の色したドロップがのりました。

　最後《さいご》のチャンスです。娘《むすめ》が、口にほおばると、どうでしょう。心には、お父さんとお母さんとお兄ちゃんと家族四人でドライブをしたあの日の風景《ふうけい》が広がりました。それは、今まで、閉ざしていた風景《ふうけい》です。あやは、すぐに、心の画面をストップさせようと思いました。しかし、止まりません。家族四人で、パーキングで楽しく食事をし、高速道路に乗った時、トラックがつっこんできました。ガシャン！　その瞬間《しゅんかん》、娘《むすめ》は、両目をつぶり、両手で両耳をおさえると、その場にしゃがみこみました。この光景《こうけい》は、二度と目にしたくなかったものでした。あやの目に、涙《なみだ》がにじみました。

（こんな悲しい思いをするなら、ドロップなんて、なめるんじゃなかった。）

その時、お父さんの声がしました。

「あや、このままじゃだめだ。君は、事故《じこ》があってからというもの、全てのものから心を閉《と》ざしてしまった。体は生きているのに、心は死《し》んでしまっている。これでは、生きている意味がない。あやがこのままじゃ、わたしもお兄ちゃんも心配で天国へのぼれない。お母さんだって、どんなに心配していることか。あや、わたしたちの分まで、明るく生きておくれ。」

続いて、お兄ちゃんの声がしました。

「ぼくだって、どんなにあやと母さんに会いたいだろう。でも、それは、無理《むり》なことなんだ。だって、死《し》んでしまったんだもの。世の中には、しかたのないことだってあるんだ。でも、目を閉《と》じれば、いつだってあやと母さんに会える。これは、父さんが教えてくれたんだ。だから、あや、さびしくなったら、目を閉《と》じてごらん。ぼくと父さんが見えるはずさ。」

「お兄ちゃん、ほんとう？」

あやは、すぐには信じられなくて、たしかめるようにいいました。

「ほんとうにきまってる。」

「こうして、会えるのだったら、もうさびしくなんてない。わたし、もう一度学校へ行って勉強しようかな？」

あやの言葉に、お父さんはおどろいて、

「あやは、子どものころ、幼稚園《ようちえん》の先生になりたいっていってたな。その夢はかわらないのかい？」

と、たずねました。

「ええ、かわらないわ。わたし、子どもが好きだから…。でも、パパったら、三年も前のことを、よくおぼえていたわね。」

「かわいい娘《むすめ》の夢くらい、おぼえていて当たり前さ。あや、父さんは、天国で応援《おうえん》しているぞ。」

「兄ちゃんも、応援《おうえん》してる。」

次の瞬間《しゅんかん》、二人《ふたり》はきえました。


「お父さん、お兄ちゃん、ありがとう。わたし、がんばるからね。」

あやが小さいけれど、力強い声でいうと、ほおにえくぼができました。それは、三年ぶりにできたキュートなくぼみでした。

「どうして、画面は止まらなかったのかしら。」

娘《むすめ》はふしぎな顔でたずねました。

「青色ドロップは『悲しみ』の表現《ひょうげん》なのじゃ。つまり、こういうことじゃろう。赤、黄、緑、青の四つ、全部がそろって人生《じんせい》という。喜怒哀楽の全てがあって人生《じんせい》なんじゃ。喜《よろこ》びだけ、怒りだけ、悲しさだけ、楽しさだけの人生《じんせい》なんて、あり得ない。もし、喜《よろこ》びや楽しさだけの人生《じんせい》があったとしよう。でも、それは味気《あじけ》のないつまらないものだと思うよ。そりゃあ、いかりや悲しさを体験《たいけん》するのは、言葉にならないほどつらいものじゃ。でも、耐《た》えて乗り越《こ》えた時に大きな喜《よろこ》びがある。まだ、若《わか》い君には難しいかもしれないな。でも、人生《じんせい》とはそんなものなんじゃ。いかりや悲しみは、人生《じんせい》をより豊かなものにしてくれる。」

長ぐつをはいたねこは、今までの自分の人生《じんせい》を思い返していました。

「人生《じんせい》は喜怒哀楽《きどあいらく》。どんな心情《しんじょう》も受け入れることで成長していくってことね。あたし、三年前のあの事故《じこ》を受け入れられず、成長は止まったままだった。もう、自分の人生《じんせい》なんてどうなってもいいと思っていた。だけど、それがまちがいだってことに、たった今、気づいたの。亡《な》くなったお父さんもお兄ちゃんも、そして、お母さんも、あたしのことをほんとうに心配してくれていた。それなのに、どうなってもいいなんて、やけをおこして毎日ぼんやりとしてた。」

「しかたないさ。それだけつらかったんだ。」

長ぐつをはいたねこは、娘《むすめ》の気持ちに同情《どうじょう》していいました。

「みんなつらいのに、あたしったら自分だけがつらいなんてかんちがいをして、ひとりで現実からにげていた。こんなわがままな自分がいや。あたし、もっと強くなる。でなきゃ、応援《おうえん》してくれている家族に申《もう》し訳《わけ》ないもの。」

「何よりも、かけがえのない君自身の幸《しあわ》せのため。」

長ぐつをはいたねこは、満面《まんめん》の笑《え》みを浮《う》かべていいました。

「えへへっ、今日《きょう》は、あたしの変身記念日《へんしんきねんび》ね。そのきっかけをくれたのは、長ぐつをはいたねこさんよ。ほんとうにありがとう。」

娘《むすめ》は心がとけだすと、あのころと同じようによくしゃべりました。

「どういたしまして。わしのような者が、お役にたててうれしいよ。たった今、君は悲しみを乗り越《こ》えた。なんてすばらしいことじゃろう！　わしは、感動にうちふるえておる。君が生きる希望《きぼう》を持ったという事《じ》じつは、先の短くなってしまったわしにとって、最大の喜《よろこ》びなんじゃ。」

長ぐつをはいたねこの瞳《ひとみ》は、ぬれてキラリと光りました。

「ねこさん、あなたは、あたしの命《いのち》の恩人《おんじん》よ。また、どこかで会いましょう。ところで、さっきのドロップ、ひと缶《かん》、買いたいんだけど…。」

といった時、長ぐつをはいたねこはドロン！　ときえました。

　そこへ、息を切らしてお母さんがやってきました。

「あや、ついさっき、あなたにお客さんがたずねてきたよ。」

お母さんは、いつものように、あやの返事を期待《きたい》せずにいいました。

　この三年間は、お母さんが一方的に話しかける。そんな生活が続いていました。

「ええ、さっき会ったわ。ブーツをはいたひげの長い紳士《しんし》だった。」

あやの言葉にお母さんはぎょっとして、一瞬《いっしゅん》、耳を疑《うたが》いました。

（まさか、きっと空耳《そらみみ》にちがいない。年をとると耳まで悪くなる。）

そう思いながら、返事を返しました。

「ひげの長い紳士《しんし》？　たしか、長ぐつをはいたねこだったと思うけれど…。わたしったら、目まで悪くなってしまったのかしら…。」

「そんなことより、お母さん、あたし、明日から学校へ行く。」

娘《むすめ》はきりっといいました。

「あや、あや、あやがしゃべってる。これはいったい、どういうこと？」

お母さんは、目をぱちくりさせていいました。

目の前でおこっていることが、すぐには信じられません。

「あたしがしゃべったらいけないの？　お母さんたらへんなの。」

「ああ、よかった。おしゃべりだったあのころのあやにもどったんだね。お母さん、どんなにうれしいことだろう。じつをいうと、半分はあきらめていたんだ。」

「お母さんたら、娘《むすめ》を信じないでどうするの？　なんてね…。あの時、ショックが大きすぎて、声がでなくなったの。お母さん、長い間ごめんなさい。あたし、自分のことで、頭がいっぱいだったの。」

「あやまる必要《ひつよう》なんてないさ。母さんだってあの事故《じこ》を乗り越《こ》えるのに時間がかかった。いや、まだ乗り越《こ》えてないというのが正直《しょうじき》な気持ちかな。でも、あやが、元気になってくれた。それだけで、どんなにうれしいことか。母さんにとって、あやが全てなんだ。」

というと、お母さんの瞳《ひとみ》が光りました。

「これからは、今までの分、親孝行するからね。」

「わかったよ。あんまり期待《きたい》しないで待つことにするわ。」

お母さんが、赤い目で笑《わら》いました。

「ところで、さっき、学校へ行くっていったかい？」

「事故《じこ》の時、あたしは小学四年生だった。あれから三年。学校へ行ってたら、今、あたしは中学一年生よ。あの時のお兄ちゃんと同じ年になった。お母さん、おどろかないでね、わたしが、お兄ちゃんの分も未来を創《つく》る。」

あやは、凛《りん》とした表情《ひょうじょう》でいいました。

「おどろかないよ。あや、二人《ふたり》分の中学校生活を存分《ぞんぶん》に楽しむがいい。お兄ちゃんも、きっと喜ぶと思うよ。」

というと、お母さんは涙《なみだ》をこぼしました。

「ええ、まかせておいて！　いっしょうけんめいに勉強をして、もりもり食べて、バスケット部に入って体もきたえるわ。」

というと、あやは力こぶをつくってみせました。

「でも、こんな日がやってくるなんてね。母さん、あきらめないでよかったよ。とにかく、制服、つくらなくちゃ。さっそく行こうか。」

「ええ。」

というと、親子は公園を後にしました。


帰り道、ほうきに乗りながら、長ぐつをはいたねこがいいました。

「人生《じんせい》は、決して楽しいことばかりではない。楽もあれば、苦もあるさ。苦は、時として怒りや悲しみといったマイナスの心情《しんじょう》を連れてくるが、人生《じんせい》を色濃《こ》いものにしてくれる。人間《にんげん》たちにとって、耐《た》え難《がた》い心情《しんじょう》ではあるが、乗り越《こ》えた時に、苦しい分だけの喜《よろこ》びが跳《は》ね返ってくる。これは、単なる喜《よろこ》びとはちがう。心の芯《しん》がしびれあがるほどのものじゃ。また、うまく使うことで、自分を成長させることもできる。決して、歓迎《かんげい》できるものではないが、うまく乗り越《こ》えることで、より成長した新しい自分に出会うこともできる。この世は、苦をバネにしてたちあがればいい。

あやちゃんも、乗り越《こ》えられてよかった。」

「ええ、ほんとうによかった。ねこさんのおかげよ。あのドロップがなかったら、あやちゃんは、永遠にゆうれいのままぶらんこをこぎ続《つづ》けていたでしょうね。」

エッちゃんがいいました。

「そう考えるとこわい。人生《じんせい》は、そこが、分かれ道になるのでしょうね。」

ジンが、もっともらしくいいました。

「ねこさん、お願《ねが》いがあるの。あのドロップ、あたしもほしいな。」

エッちゃんが、両手をあわせていいました。

「残念《ざんねん》ながら、ないのじゃ。あれは、亡《な》くなった母さんからもらったかたみだった。袋《ふくろ》の中には四粒《つぶ》だけ。いつか、年をとった時、なめて昔《むかし》を思いだそうと思っていたんじゃが…。まあ、いいさ。思い出は心の中にしまっておいて、自分が見たくなったらひきだせばいい。忘《わす》れてしまうような過去《かこ》は、印象深くなかったということだから、わざわざ思い出す必要《ひつよう》もなし。考えてみたら、初めから、わしには、あのドロップはいらなかったんじゃ。いちばん使ってほしい人に使ってもらえて、どんなにうれしいことじゃろう。」

と、つぶやきました。

エッちゃんには、長ぐつをはいたねこがかみさまに見えました。

「大切《たいせつ》なものをありがとう！」

というと、深々と頭を下げました。


さて、ここは、エッちゃんの家です。長ぐつをはいたねこが帰ると、

「さすが、長老《ちょうろう》のねこさんだ。一瞬《いっしゅん》にして、心のこおった少女の心をとかしてしまうなんて…。わたしたちには真似《まね》ができない。」

ガリバーがいうと、みんなも大きくうなずきました。

「大切《たいせつ》なかたみを他の人のために使ってしまえる勇気《ゆうき》に乾杯《かんぱい》！」

ジンが感心していいました。

「いやいや、勇気《ゆうき》なんて…。ものは、必要《ひつよう》な人のために存在《そんざい》するのです。母は、あのドロップが少女を救《すく》ったと知ったら、どんなに喜ぶでしょう。わたしは、ただ、人の役にたてたというこ

とがうれしいのです。」

「ねこさんて、まるでかみさまみたい。」

ピーターがいいました。

「とんでもない。ただ、わしは、人の喜ぶ顔が、こんなにも、うれしいものだと知り、こうふんしています。まだまだ、これから、多くの人たちに幸《しあわ》せをプレゼントできないかと考えているところです。」

長ぐつをはいたねこは、毛づくろいをしながらいいました。

「九度目の冒険《ぼうけん》も、成功《せいこう》ね。」

エッちゃんが、うれしそうにいいました。


イチョウの木の上で、この様子《ようす》を見ていた王子さまは、

「長ぐつをはいたねこや、君のおかげで、また、ひとりの娘《むすめ》が生き返った。大きな愛《あい》をありがとう。今日《きょう》で冒険《ぼうけん》は終わり。なんだか、さびしくなるな。でも、みんなよくがんばった。何人もの人たちが、生きる希望《きぼう》や勇気《ゆうき》、愛《あい》をもらって、さらにかがやきだした。」

といって、しずかにほほえみました。

その瞬間《しゅんかん》、王子さまさまは、お月さまの光に照《て》らされキラキラとかがやき始めました。

イチョウの木の上でねていた七わのひなが、あまりのまぶしさに目をさまして、カーカー鳴きました。カラスの母さんは、

「一週間、なくのはおやめ！　夜明けには、まだ早い。」

というと、七わのひなは、

「ムニャムニャ…。」

とねごとをいい、またすぐにねいきをたてました。

15　千年イチョウの言葉

ツバメが、エッちゃんにささやきました。

「冒険《ぼうけん》も終わり、王子さまをここへお連れしなければなりません。」

「あたしも、同じことを考えていたところよ。ジンと二人《ふたり》で、お迎《むか》えにいってくる。みんなにはないしょね。いうと、大さわぎになっちゃうから…。」

エッちゃんが、声のトーンを落としていいました。王子さまを迎《むか》えに行くといえば、きっとみんな行きたいというにきまっています。ツバメは、

「魔女《まじょ》さん、よろしくお願《ねが》いします。」

とウインクすると、すぐにみんなの方へ行きました。そこへ、ほうきのおばが、いつになくおめかしをして、

「王子さまのお迎《むか》えなら、わしにおまかせ!」

といって、飛びだしてきました。年をとっても、耳は健在《けんざい》です。エッちゃんとジンは、かくれるように玄関《げんかん》へでると、ほうきにまたがりました。

「暗くなってきたわ。いそぎましょう。」

エッちゃんがいうと、ほうきはスピードをあげました。


千年のイチョウの木のてっぺんに着くと、王子さまは、いつものように、サファイア色の目を細め、町全体をを見渡《みわた》していました。

「この町のどこかに、悲しい人や、困《こま》っている人はいないだろうか?」

エッちゃんが明るい声で、

「王子さま、お迎《むか》えにきました。一週間、おつかれさま!」

というと、王子さまは、

「魔女《まじょ》さん、お迎《むか》えありがとう。一週間なんて早いものだね。とうとう今日《きょう》が最後《さいご》になってしまった。なんだか、はなれがたいよ。」

と、悲しそうにいいました。

「何か気になることでも?」

エッちゃんがたずねると、王子さまは、

「ここから見渡《みわた》すと、100年たった今でも、やはり悲しい人や困《こま》っている人たちがいた。100年前は、せまい路地《ろじ》におなかをすかせた子どもたちが食べ物をさがしていたり、橋の下で体をあたためあったりと、貧《まず》しいことが原因《げんいん》だったのに対して、現代は、いじめや離婚《りこん》、うそや孤独《こどく》など、心の病《やまい》がほとんどだった。心は目に見えないだろう。それだけに、発見も困難《こんなん》だし、治療法《ちりょうほう》もむずかしい。」

といって、まゆをひそめました。

「そうでしたか。」

「ここに来る前、わたしは、生活が豊かになれば、なやみは解決《かいけつ》するにちがいないと軽く考えていた。だから、経済《けいざい》成長を遂《と》げた現代において、悲しい人や困《こま》っている人は、ほとんどいないという安易《あんい》な想像《そうぞう》をしていたのだ。それだけに、今、ショックをおぼえている。今回、ここにこなければ、地球《ちきゅう》の実態を知らず、気楽に過ごせただろう。しかし、一度、知ってしまったからには、ほっておくこともできない。」

王子さまは、ためいきをついていいました。

「それで、どうしようと…？　王子さま、冒険《ぼうけん》の期間は終わってしまったのよ。期間をのばしてここにいることは、王子さまの命《いのち》にかかわる。」

エッちゃんが、慎重《しんちょう》にいいました。

「魔女《まじょ》さん、そのことは、十分にわかっている。でも、この現状を知らなかった過去《かこ》の自分に戻《もど》ることはできない。なぜなら、わたしの心にある正義《せいぎ》が許《ゆる》さない。悲しい状況《じょうきょう》を見てしまった以上《いじょう》、知らんぷりはできないからだ。自分自身で、納得《なっとく》のいく解決《かいけつ》をしたいと思っている。しかし、だからといって、どうすれば、いいのか見当《けんとう》もつかない。とつぜん、こんな話をされ、聞かされる方は迷惑《めいわく》にちがいない。でも、魔女《まじょ》さんだったら、理解《りかい》してくれるのではないか思い、正直《しょうじき》な気持ちを話したんだ。」

王子さまは、エッちゃんの顔を見つめていいました。

「王子さま、ありがとう。知り合って間もないあたしなんかに、本音《ほんね》を話してくれて…。王子さまの純粋《じゅんすい》な気持ち、とってもよくわかる。あたしが王子さまの立場だったら、やっぱり同じようになやむと思うもの。さて、問題《もんだい》はこれからね。」

エッちゃんが、頭をかかえていいました。

その時、千年イチョウのじいさんの声がしました。それは、バスクラリネットのように低くて、ホットミルクのように温かい声でした。

「わしは、ここに住んでいるイチョウじゃ。この町を千年も昔《むかし》からながめ続《つづ》けてきた。人間《にんげん》たちは、何度も争いをくり返してきた。戦いのたびに血《ち》を流し、何人もの命《いのち》がうばわれていった。大きな戦争《せんそう》が終わっても、悲しいかな、人間《にんげん》たちの苦悩《くのう》は、いつの時代もなくならない。人間《にんげん》に欲望《よくぼう》という感情《かんじょう》がある以上《いじょう》、しかたのないことかもしれぬ。ここからは、毎日、おびただしい数の困《こま》っている人が見えた。見つけるたび、どんなに助けたいと思ったことだろう。でも、わしには足がないから、その場に出向いて解決《かいけつ》をしてあげることができなかった。くやしくて、くやしくて、くやしくてたまらなかった。」

イチョウのじいさんがくやしさを感情《かんじょう》にあらわすと、王子さまはすぐに、

「その思い、わたしも同じです。」

と、つけたしました。

「ところが、ふしぎなことに、時間がたつと、物事は必《かなら》ずよい方向へと向《む》かっていった。どうしてなのか、いまだわしには、わからない。けがをすると、かさぶたができて治《なお》るように、自然と解決《かいけつ》をしていった。目に見えない力が、人間《にんげん》たちを動かしているように感じられた。だから、わしはこう思うことにしたんじゃ。『何を見ても、心配しない』とな。心配をしたところで、自分には何もできない。だとしたら、心配するだけむだなことじゃろう。かわりにこう思うことにしたんじゃ。困《こま》ったことがあった時、人間《にんげん》たちは、どんなふうに解決《かいけつ》をするんだろうってね。そう思えるようになったら、ここからいろんなことを見るのが楽しくなったよ。」

「何を見ても心配しない。なるほど…。深くて意味のある言葉だ。」

王子さまが、感心したようにいいました。

「いつのころからか、わしは、人間《にんげん》たちを信じるようになっていた。それまでは、平気《へいき》でうそをつく人間《にんげん》たちを軽蔑《けいべつ》していた。しかし、ある時、うそをついて失敗《しっぱい》すれば、うそはいけないとわかり、自然とうそをつかなくなる。そんな人間《にんげん》たちが愛《いと》しいと思えるようになったのじゃ。何事も経験《けいけん》が大事。失敗《しっぱい》の経験《けいけん》は金のたまごなんじゃ。そう考えると、困《こま》っている人に手を貸《か》すのは、いちがいによいこととはいえなくなってくる。ただし、これは時と場合によるけどね。自殺《じさつ》するくらい苦しかったら、やはり手を差しのべるべきだろう。まあ、とにかく、王子さまも、余計《よけい》な心配はしないことじゃ。だいじょうぶ。人間《にんげん》だって、そんなにおろかじゃないさ。なっ、おばば。」

というと、イチョウのじいさんはほうきのおばばに声をかけました。二人《ふたり》は、昔《むかし》からの友だちだったのです。

「たまには、じいさんもまともなことをいう。まあね、世の中とは、そういうものじゃ。王子さまも気をながーくして、人間界《にんげんかい》を見守《まも》ってやってください。わしは、この性分《しょうぶん》だから、いいたいことは、すぐにいわせてもらうけどね。ワッハハハ…。」

ほうきのおばばは、笑《わら》っていいました。

「そうか！　人間《にんげん》たちを信じればいいのか。そうすれば、安心して、ここを去ることができる。人間《にんげん》たちの明るい未来を信じることにしよう。じいさんと話していたら気が楽になってきた。十年、百年単位で物事を見つめるので、物の考え方がゆったりとしておられる。さすが、先輩《せんぱい》！これからもよろしくお願《ねが》いします。」

王子さまは、すっきりとした顔でいいました。

「先輩《せんぱい》だなんて、くすぐったいよ。だけど、今度、冒険《ぼうけん》に来た時もたちよってくれ。わしは、その日まで、元気でいることにしよう。おばば、また、会おう！　魔女《まじょ》さんとジン君も、またあそびにきておくれ。」

「ありがとう。じいさん。秋になったら紅葉《こうよう》を見にくるわ。」

といいながら、エッちゃんはほうきにまたがりました。

「１００年後、また来たいと思っています。さよなら、じいさん。」

王子さまは、笑顔《えがお》でほうきに乗りこみました。

「また来るよ。」

ジンもあわてて乗りこみました。

「おばば号、しゅっぽーつ！　特急だからはやいよ！」

というと、おばばはスピードをあげました。

16　カーニバルの終わり

「ただいま！」

エッちゃんが戸口でさけぶと、長ぐつをはいたねこがあわてて飛びだしてきました。

「王子さま、おつかれさまでした！」

といって敬礼《けいれい》をすると、みんなはいっせいに拍手《はくしゅ》をしました。この時を、今か今かと待っていたのです。

みんながそろうのは、一週間ぶりのことでした。

王子さまの周《まわ》りには、ツバメに、ピーターパンに、ドロシーに、かかしに、ライオンに、きこりに、チルチルに、ミチルに、長ぐつをはいたねこに、ジャックに、男爵《だんしゃく》に、ピノッキオに、コオロギに、フクロウに、カラスに、イワンに、ガリバーが集まってきました。夏だというのに、みんなくっつきあって、額《ひたい》にはポツポツと汗《あせ》がふきだしていました。

「王子さまが町を見渡《みわた》して、かわいそうな人たちを発見してくださらなかったら、わたしたちの冒険《ぼうけん》はできなかった。朝から晩《ばん》まで、いや、夜中まで休みなく働《はたら》いてくださったことに感謝《かんしゃ》を申《もう》しあげます。」

ガリバーが、深々と頭をさげていいました。

「感謝《かんしゃ》なんて…。よく考えてください。町を見渡《みわた》すことが、わたしの役割でした。わたしはただ、自分の役割を忠実《ちゅうじつ》に果たしただけのこと。それ以上《いじょう》のことは、何もやっておりません。おそらく、みなさんの方が、わたしの何倍《ばい》もたいへんだったのではないでしょうか。かわいそうな人たちの心に寄《よ》りそって、どうしたら希望《きぼう》や勇気《ゆうき》や愛《あい》が与《あた》えられのか、考えて考えて考えぬいて行動してくださった。それにくらべたら、わたしの行ったことなど、比較《ひかく》になりません。感謝《かんしゃ》しているのは、わたしの方です。」

というと、王子さまがふらっとしてたおれました。

「王子さま。だいじょうぶ?」

ドロシーがあわててかけよると、王子さまは、横になったまま、まぶたを少しだけ開けて、

「心配しないでください。ただの睡眠《すいみん》不足です。少しねむれば、元気になります。」

と、いいました。

「王子さまは、たいへん責任感《せきにんかん》の強い人で、24時間不眠不休《ふみんふきゅう》のまま、七日間連続で、町を見続《つづ》けていました。そのつけが、回ってきたのでしょう。このまま、ねむらせてあげてください。少しねむれば、そのうちおきます。心配はいりません。いつものことですから。」

王子さまと、長く連れそってきたきたツバメがいいました。

「やはり、一睡《いっすい》もしなかったんだな。わたしの予想《よそう》通りじゃ。王子さまらしいよ。」

長ぐつをはいたねこが、もっともらしくいいました。

「あの日、王子さまは、一万歩をこえないよう、動かない役割を与《あた》えてもらったことに感謝《かんしゃ》していました。動けない分、目と耳と心を働かせようとねむらないで仕事をしていたのです。いくら、休むようにいっても、だいじょうぶだからと答《こた》えて聞きませんでした。それが、王子さまの生き方なのです。」

ツバメが、王子さまの顔を見つめていいました。

「王子さまがこんな時に、最後《さいご》の晩《ばん》さんは、失礼《しつれい》だ。中止にしよう。」

男爵《だんしゃく》がいさぎよくいうと、

「いいことというなあ。わたしも賛成《さんせい》だ。みんなそろわなくちゃ意味がない。」

イワンが、すぐに賛成《さんせい》しました。

「おや、おや、二人《ふたり》とも、めずらしく意気投合《いきとうごう》したね。」

ピーターがにんまりいうと、男爵《だんしゃく》は、

「へんなことというなよ。わたしたちは、始めから意気投合《いきとうごう》しておるさ。なっ、イワン！」

といって、イワンを見ました。イワンも、

「そうだよ。わたしと男爵《だんしゃく》はなかよしこよしさ。」

といって、笑《わら》いました。二人《ふたり》が笑《わら》うと、なんだかうれしくなって、みんなでガハガハ笑《わら》いました。

晩《ばん》さんは、二人《ふたり》の提案《ていあん》通りに中止になりました。

「しまった！　王子さまがねているんだった。」

ジャックが口に手を当てていうと、王子さまは、すくっと立ち上がっていいました。

「おはよう！　みんなの声を聞いていたら、うれしくなって目がさめてしまった。五分もねむればもうだいじょうぶ。頭もすっきり！　さあ、これから最後《さいご》の晩《ばん》さんをやろう。」

王子さまのサファイヤの瞳《ひとみ》が、キラキラとかがやいて、みんなは目を細めました。

ほんとうは、さっきの声が耳に入り、ねむってなどいられないと思ったのです。あれほど楽しみにしていた最後《さいご》の晩《ばん》さんを、だれが中止にさせられましょう。

「ワーイ、ワーイ！　みんなでパーティだ。」

チルチルとミチルが両手をあげて、喜《よろこ》びました。青い鳥もかごからでて、飛び回りました。

「今日《きょう》は、たこ焼《や》きパーテイよ。」

エッちゃんが用意したのは、一万個のたこ焼《や》きでした。この日のために、100個焼《や》きのたこ焼《や》き器をお店の人から借りて、朝からずっと焼《や》き続《つづ》けていたのです。

小麦粉500カップにたまご500こ、塩にベーキングパウダーに紅しょうがに青のりに粉がつおを少々、たこ100ぴきとねぎ300本は山ほどきざみました。近所の魚やさんは、

「たこ100ぴき？」

と聞いて、目を丸くしました。人のいいご主人は、漁師さんへ直接連絡《ちょくせつれんらく》をして運んでもらった

のです。ねぎ300本も、地元の農家の人からわけてもらいました。

エッちゃんがひとりでつくっていると、イワンや男爵《だんしゃく》やドロシーが顔をだし、少したつと、ピーターやジャックやチルチルが顔をだし、また少したつと、ミチルやガリバーやピノッキオが顔をだしというように、次から次へとキッチンに入り、いつの間にか、みんなが手伝っていました。

ねぎをきざむ人、たこをきる人、小麦粉をといてたまごを入れる人、焼《や》く人、お皿《さら》に並べる人、運ぶ人という具合《ぐあい》に分担《ぶんたん》をして、焼《や》きあげました。始めはうまくいきませんでしたが、お昼ころになると、みんな調子《ちょうし》がでておいしく焼《や》けるようになりました。

「みんなでたこ焼《や》きやさんができるかも。」

ジンがおどろいていいました。つくっているうちに、みんなの心がとけあって、家族のような気がしてきました。時間を忘《わす》れて、焼《や》き続《つづ》けました。

「さあできた！　1万個のたこ焼《や》きよ。みんなありがとう。今晩《こんばん》のパーティが楽しみね。」

エッちゃんが、うず高く積《つ》まれたたこ焼《や》きを見ていいました。みんなも、うっとりしてたこ焼《や》きの山を見つめていました。

この日、長ぐつをはいたねこだけがちょうど冒険《ぼうけん》だったので、1万個のたこ焼《や》きのことはぜんぜん知りませんでした。

「今日《きょう》は、たこ焼《や》きパーティよ。」

エッちゃんが、一万個のたこ焼《や》きをとりにキッチンのドアをあけると、何がおこっていたでしょう。

（あれっ、へんねぇ。あんなにあったたこ焼《や》きの山が、半分しかないわ。）

と、首をかしげました。

「みんな、たこ焼《や》き知らない？　さっきまで、１００皿《さら》あったのに、50皿《さら》しかないの。」

エッちゃんがあわてていうと、みんなは、いっせいにうつむきました。エッちゃんとジンが王子さまを迎《むか》えにいった時、だれかがつまみ食いをしたようです。

「おなかがすいていたので、つい…。」

ジャックが、力の鳴くような声でいいました。

「ひとつだけと思っていたら、あんまりおいしいので、二つ、三つと食べちゃって、それからは…。」

ドロシーが、顔を赤くしていいました。

「ごめんなさい。食べたのは二人《ふたり》だけじゃない。みんなです。」

ガリバーが、とつぜん立ち上がってあやまりました。

「そうだったの。おなかがすいていたんじゃしかたないわね。まだ、半分もある。これだけあれば、パーティは十分にできるわ。みんなでなかよくいただきましょう。」

というと、エッちゃんはひとつ口に入れました。

「おいしい！　やっぱりつまみ食いは最高ね。」

つまみ食いをしたキャラクターたちは、ほっとして胸《むね》をなでおろしました。もっとしかられると思っていたのです。安心すると、おなかがグーグーなって、またパクパク食べました。

「いくつ食べてもおいしいわ。」

ドロシーがこうふんしていいました。王子さまは、この様子《ようす》をうれしそうにながめていました。

「王子さまの分は、ここにありますからね。」

エッちゃんが、耳もとでそっとささやきました。

「魔女《まじょ》さん、ありがとう。魔女《まじょ》さんのおかげで、お祝《いわ》いのカーニバルは大成功《せいこう》に終わりました。わたしたちのお誕生祝《たんじょういわ》いに、格別《かくべつ》の体験《たいけん》ができました。これ以上《いじょう》の喜《よろこ》びはありません。」

王子さまがお礼《れい》をいった時、アリスから電話がかかってきました。

「人間界《にんげんかい》の冒険《ぼうけん》は終わったかしら？　夏休みに童話の研究《けんきゅう》をしたいっていう男の子の予約は明日なの。明日には、本の中に戻《もど》っていてほしいの。」

というと。アリスはすぐに電話を切りました。

それを聞いたキャラクターたちは、

「すぐに、帰らなくちゃ。」

と、あわてました。

「もうすこし、ここにいて冒険《ぼうけん》をしたかったたな。」

ピノッキオがためいきをついていうと、ピーターが、

「大切《たいせつ》なのは時間ではなく、集中力だって、ねこさんが教えてくれたじゃないか。たった七日間だったけれど、７００日分にもなった気がするよ。それだけ、おいらが得たものは大きかった。」

と、自信たっぷりにいいました。

「ああ、それぞれの特技《とくぎ》を武器にして、人助けができたということは、みごとだった。ここに来て、わたしもたくさんの勉強をさせてもらったよ。」

ガリバーが、うっとりしていいました。

「この年になり、人間界《にんげんかい》で役にたてるなんて思ってもいなかった。こんな体験《たいけん》ができて、ほんとうに幸《しあわ》せじゃった。もう何もいらない。」

長ぐつをはいたねこが、声をふるわせていうと、エッちゃんが、

「未来は、まだ、これからです。」

と、ほほえみました。

「またね。魔女《まじょ》さん、ジン君!」

十のキャラクターたちは、口々にお礼《れい》をいうと、空にパッときえました。

17　エトセトラスーパーテストに合格《ごうかく》

次の日、れい子さんが図書館にやってきて、

「世界の童話の本は、えっと…？　あった！　ああ、よかった。たしか、今日《きょう》、予約が入っていたはず…。」

といって、本を手にとるとペラペラとめくってみました。

「あれっ、なんだかへんねぇ。登場人物たちの顔が赤いわ。なんだか、こうふんしているみたい。ジャックに、

ピノッキオに、イワンに、ガリバーに…、みんないつもとちがう。でも、そんなことあるはずがない。きっと目の錯覚《さっかく》ね。」

というと、目を開けたり閉《と》じたりしました。ふつうの人には全く同じに見えましたが、本を愛《あい》するれい子さんは、今度も見逃《みのが》しませんでした。この様子《ようす》を見ていたアリスは、

「れい子さんたら、やるわね。10の童話の冒険《ぼうけん》のことは全く知らないはずなのに、その変化《へんか》にいち早く気づいた。さすが、昼間の館長《かんちょう》ね。わたしも夜の館長《かんちょう》として、負けてはいられない。登場人物たちを楽しませるために、がんばりましょう。」

とつぶやきました。

　開館の時間になると、男の子がやってきました。

「世界の童話の本を貸《か》してください。」

「はい、どうぞ。」

といってれい子さんが差《さ》し出すと、男の子は、

「わー、うれしい。たくさんの童話が入っている。ピーターパンにオズの魔法《まほう》使いに、幸《しあわ》せの王子。これで、童話の研究《けんきゅう》ができる。」

といってにこにこしました。れい子さんは、男の子に、

「童話の研究《けんきゅう》、がんばってね。10の童話たちが、命《いのち》がけでいろんな冒険《ぼうけん》をさせてくれるはずよ。」

と、いいました。

　さて、エッちゃんは、今日《きょう》も宝箱《たからばこ》の前でじゅもんをとなえます。この箱《はこ》があけば、心をもった人間《にんげん》になれるのでした。

「パパラカホッホ、ほんとうの幸《しあわ》せってなんだろう。パパラカホッホ、パパラカホッホ。それは、ピッピピッピピッ、自分のことばかりを考えるのではなく、パラパラパラリン、人のために行動をすること。パパラカホッホ、パパラカホッホ…、人のために行っているつもりが、じつは、ピッピピッピッ、その人たちから、何倍《ばい》ものパワーをもらっている。ピッピピッピッ…いつの間にか、幸《しあわ》せ気分最高になっている。パラリンピッピッ、なんてふしぎな魔法《まほう》かしら。ピリピリパラパラ、パリパリピッピッ。よい行いをすると、相手《あいて》の笑顔《えがお》がはじける。タッタッタッタッ、その笑顔《えがお》を見ると、心には満開の花が咲《さ》きみだれる。パッパッパッパッ、その笑顔《えがお》がうれしくて、もっとプレゼントしたくなる。ルンルンルンルン、人に尽《つ》くすことは、至福《しふく》の喜《よろこ》び。チチンプイプイ、パラパラチッチッ、チチンプイプイ、パラパラチッチッ、あたし、王子さまみたいな愛《あい》の心を持ってみたい。ピッピピッピピッ、自分を犠牲《ぎせい》にしても、人のために尽《つ》くす一途《いちず》な愛《あい》。ピッピッピピッ、なんて崇高《すうこう》な愛《あい》かしら…。パピプペポッポ、あたし、子どもの心がわかるほんものの先生になりたい。パッパッピッピッ、これからも修行《しゅぎょう》をつんで、いつの日か、ほんものの人間《にんげん》になれますように。サッサッサッサッ、一日一善《ぜん》。まず、行動をおこすことから始めよう。パパラカホッホ、パパラカホッホ…。」

エッちゃんは、宝箱《たからばこ》の前で手を合わせました。今日《きょう》もやっぱりあきません。宝箱《たからばこ》のふたは、ぴったりとしまったままです。

　さて、ここはエッちゃんのふるさとのトンカラ山。シャワーをあびていたママがとつぜん、

「エッちゃんが、たった今、合格《ごうかく》したわ。」

というと、バスタオルをまいてシュワールームからでてきました。パパがおどろいて、

「ママ、どうしてわかったんだい?」

というと、

「それは第六感よ。わたしたち親子だもの。」

と笑顔《えがお》でいいました。すると、パパは、

「おいおい、わたしだって親子だ。」

と、あわてていいました。

さっそく、こんぺいとうテレビをつけると、エッちゃんはママの予感《よかん》通りに、『人間《にんげん》と魔女《まじょ》・エトセトラ　スーパーテスト』の七つ目に合格《ごうかく》をしていました。

「ほら、やっぱり…。」

「さすがママだ。今日《きょう》は、盛大《せいだい》にかんぱいといこう!」

「まってました!」

魔女《まじょ》ママが黄色い声をあげました。テストは、どんな内容かって?


ほんとうの幸《しあわ》せとは、人のために動くこと。人のために行なっているつもりが、じつは相手《あいて》からパワーをもらっていることに気づき、すすんで行動することができる。

♠ エピローグ

　大きな畑に、ひとりの男が種をまきました。種は芽《め》をだし、きれいな花を咲《さ》かせ、やがて、たくさんの実をつけました。男は、その実を食べると、

「なんて、おいしいのだろう！」

と、目を細めました。

　あまりおいしかったので、自分ひとりで食べるのではもったいないと思い、近所の人を呼《よ》びました。

ところが、あんまり集まりすぎて、自分の食べる分がなくなってしまいました。でも、男は、

（自分は味をみたのだから、みんなに食べてもらおう！）

と思い、全ての実をふるまいました。近所の人たちは、

「ほっぺたが落ちるようだ。こんなにおいしいじつは初めてです。ごちそうさまでした。」

と、にこにこしていいました。男は、

（みんなの笑顔《えがお》を見ていると、わたしの心がポッポッと熱くなる。なぜだろう？）

と、ふしぎに思いました。

ただうれしいのとはちがいます。男は、心の底《そこ》から、わきあがってくるような喜《よろこ》びにふるえました。そして、

「来年は、もっとたくさんの実をならせて、村人たちの笑顔《えがお》が見たい！」

と思いました。

あとがき

2月12日、今日は祖母の誕生日《たんじょうび》だ。おめでたいことに、100才である。

妹から、

「おばあちゃん、ケーキの上にあった10本のロウソクの火を、全部消したよ。携帯《けいたい》に写真を送ったから。」

と、電話があった。急いで携帯《けいたい》を開けると、大きなケーキを前に祖母が息を吹きかけている画像が送られていた。口が大きく開き、まさに火を吹き消している瞬間《しゅんかん》である。しわくちゃの顔は100年の歴史を刻《きざ》んでいる。ホッペが熟《じゅく》したモモみたいにピンク色をしているのは、心が少女のようにきれいだから…。決して、ほおべになどつけているからではない。その写真を見て、

「おばあちゃん、100才おめでとう。会いたかったな。」

とつぶやいた。この日、風邪《かぜ》をひいてしまった私《わたし》は、うつしては大変なので遠慮《えんりょ》したのだ。

私《わたし》は、祖母を世界一のべっぴんさんだと自負している。今まで生きてきて、祖母の口から、人の悪口や泣き言を聞いたことがない。出てくるのは、いつも「ありがとう」の言葉。人への感謝である。昔話に、悪口を言うと口からヘビやカエルがでてきて、反対に人の幸せを願う言葉を言うと、宝石がでてくるという話があったが、その話がほんとうだったら、祖母は、今ごろ、億《おく》

万長者になっていたであろう。

　朝、5時に起き仏《ほとけ》さまを拝《おが》み、昼間はテレビを見たり人と話したりして過ごし、横になることがないという。夕食時の晩酌《ばんしゃく》もかかさない。ビールだろうと、日本酒だろうと、焼酎《しょうちゅう》だろうと、なんでもござれだ。誰《だれ》かが飲んでいると、

「一口飲んでみようか。」

といって、グラスをさしだす。

　食事は、刺身《さしみ》に、寿司《すし》に、カツに、テンプラに、赤飯に、ぼたもちにと好き嫌いなく何でもよく食べる。軽く私《わたし》の2倍は食すだろう。また、3日にあげず電話があり、「元気かね。」と尋《たず》ね、顔が見たいから遊びに来るように言う。よく食べ、よくしゃべり、よく気が回る。

　私《わたし》も祖母と同じ2月生まれである。祖母が一世紀生きたなら、私《わたし》はまだ半世紀だ。それなのに、

「ああ、だるい。目はかすむし肩は凝《こ》るし…。年だから仕方ないか。」

などと泣き言をいっている自分が恥《は》ずかしく思えてくる。

「よし、祖母を見習って泣き言はいわないようにしよう！」

と誓《ちか》ったところである。

　魔女《まじょ》シリーズの始めに紹介をしていた翔平君《しょうへい》が19才になった。出会ったのは6才だったので、いつの間にか13年もたってしまったことになる。昨年の夏、ご家族で遊びに来られた時、私《わたし》はあまりの成長ぶりに目を丸くした。と

ころが、秋になったある日、母親から、翔平君《しょうへい》が国道で交通事故にあってしまったとの手紙をいただいた。トラックがつっこんできたとのこと。危《あや》うく一命をとりとめたものの、半年間の休学で学校は1年生からのスタートになってしまった。だれもが悲しむと思いきや、看護師《かんごし》になる翔平君《しょうへい》は、「怪我《けが》をしたおかげで、病人の心がわかってよかった。」と、うれしそうに言ったそうだ。おそろしいほどでっかい心の持ち主だ。私《わたし》だったら、身にふりかかった不幸に涙して立ち上がれなかったに違いない。心の大きさは、どうやら年齢《ねんれい》には比例しないらしい。

さて、自分事になるが、3月には、ここで5度目の卒業生を送り出す。卒業式まで、あと24日となってしまった。子どもたちと一緒《いっしょ》に私《わたし》も卒業する。この本が出版されるころは、どこにいるのだろうか。未来も、明るく笑《わら》っていられるよう人間界の修行を積みたいと思う。

文末になってしまったが、まえがきを書いてくださっている松丸数夫氏に心からお礼を申し上げたい。私《わたし》は、松丸氏を「兄さん」と呼び慕《した》っている。兄さんは、私《わたし》が教師になり初めて赴任《ふにん》した学校の校長先生であり、詩人であり、作家への道を応援《おうえん》しエールを送り続けくださっている永遠の師である。

おばあちゃんの誕生日《たんじょうび》に

追記

東日本大震災《だいしんさい》の発生から、2ヶ月がたとうとしています。このたびの震災《しんさい》において、甚大《じんだい》な被害《ひがい》をうけられた皆様に、心よりお見舞いを申し上げます。愛する人や住み慣《な》れた家、生き甲斐《がい》の仕事を失われた悲しみは、想像を絶します。心をかきむしられるような喪失感《そうしつかん》は、時間が経《た》っても減るものではありません。「ああ、夢《ゆめ》であってほしい」と何度思ったことでしょう。

でも、いつの日か、マイナスはプラスへ転身します。日本の人々が、今こそ心の手を組み、悲しみを無限のエネルギーに変え、笑顔で生活できるよう願っています。

二〇一一年五月

注：本書は２０１０（平成22）年に執筆されました。
文中の生誕、没年は執筆時から起算したものとなります。

槗立悦子（はしだてえつこ）

本名　横山悦子

1961年、新潟に生まれる。

1982年、千葉県立教員養成所卒業後小学校教諭になる。

関宿町立木間ケ瀬小学校、野田市立中央小学校、
野田市立福田第一小学校、我孫子市立第四小学校で教鞭を
とり、現在は我孫子市教育委員会勤務。

〈著書〉〈絵本：魔女えほんシリーズ〉 1巻～15巻。

〈童話：魔女シリーズ〉1巻～17巻。

〈絵本：ぼくはココロシリーズ〉1巻～5巻。

〈ポケット絵本〉「心のものさし―うちの校長先生―」

「幸せのうずまき―あなたにであえて…―」

「本気の種まき」「人生はレモンスカッシュ」

「ぼくのだいじなくろねこオリオン」

〈絵本：もの知り絵本シリーズ〉「ピペッタのしあわせさがし―十二支めぐり―」

他に〈子どもの詩心を育む本〉12冊がある。

（いずれも銀の鈴社）

NDC913
槗立悦子　作　　2011
神奈川　銀の鈴社
260P　21cm（アリスと魔女《まじょ》たちのカーニバル）

定価＝一二〇〇円＋税

鈴の音童話
アリスと魔女《まじょ》たちのカーニバル
魔女シリーズNo.17

二〇一一年六月一日（初版）
著　者――槗立悦子 作・絵©
発行者――柴崎聡・西野真由美
発　行――㈱銀の鈴社　http://www.ginsuzu.com
〒248-0055　神奈川県鎌倉市雪ノ下3-8-33
電話　0467（61）1930
FAX0467（61）1931

ISBN978-4-87786-737-9 C8093

印刷・電算印刷　製本・渋谷文泉閣
〈落丁・乱丁本はおとりかえいたします。〉

十のキャラクター大集合「みんなあつまれ!!」